# 願いがかなうふしぎな日記

## 卒業へのカウントダウン

本田有明

PHP

もくじ

卒業証書
井上光平殿
小学校の全課程を
修了しましたので
これを証します。

# お兄《にい》ちゃんのかっこいい言葉

その日、ぼくはお兄《にい》ちゃんの勇太《ゆうた》と、駅ビルの五階にあるスポーツグッズの売り場に行った。お兄《にい》ちゃんはサッカーのシューズを買うため。ぼくはランニング用のパーカーを買うために。

売り場を歩いていると、あれもこれも、ほしいものが目につく。でも、お金がない。「欲求《よっきゅう》不満指数」がグッと上がり、何度もため息。必要なものを買ったら、早く店を出たほうがいいみたいだ。

エレベーターで地下一階におりて、フードコートへ。大勢《おおぜい》のお客さんで、席はほとんどいっぱいだ。

マックのバーガーセットを二人《ふたり》で一人前、割引《わりび》き券《けん》を利用して注文する。

「お年玉をもらったら、ちゃんと一人前ずつ食べような」

そう言って、お兄《にい》ちゃんはハンバーガーにかじりついた。

ぼくはフライドポテトをほおばる。

きょうは十二月九日《ここのか》。あと三週間で年が替《か》わる。


駅ビルを出たら、もう暗くなりかけていた。まだ四時半なのに。

目の前で、大きなクリスマスツリーが、色とりどりの光を点滅《てんめつ》させていた。先々《せんせん》週《しゅう》あたりから、街のあちこちで見るようになった。

「いっしょに写真を撮《と》ろうか？」

そう言って、スマートフォンを取り出したら、お兄《にい》ちゃんは鼻で笑った。

「まだ子どもだな、光平《こうへい》は。来年はおまえも、中学生だぞ」

なんだか、えらそうな言い方だ。年は一歳《さい》しかちがわないのに。

「クリスマスツリーは、大人《おとな》だって楽しいと思うよ」

「もうカウントダウンが始まるんだ。X《エックス》デーまで、あと十六日」

「X《エックス》デーって？」

「クリスマスに決まってるだろ。光平《こうへい》も、カウントダウンしてみろよ。卒業式まで、あと何日だ？」

卒業式まで？　日にちは、お正月までしか数えたことがない。

「時間がたつのは早いぞ。光陰《こういん》……なんとかっていったな。タイム・イズ・マネー。一日一日を大事にしなくちゃ、あとで後悔《こうかい》する」

あ、いいことを言う。たぶん先生の受け売りだろうけど。

一日一日を大事にしなくちゃ？　それは、そのとおりだ。

ぼくは頭の中で、卒業式までの日数をカウントしてみた。きょう十二月九日《ここのか》から、来年の三月十九日まで。来年はうるう年なので、二月は一日多くなる。

百日、じゃなくて、百一日だ。もうすぐ三けたから、二けたになる。

三か月というより、百日を切るといったほうが、現実味《げんじつみ》を帯びてきそうだ。

冷たい風が、首すじをなでていった。目の前でチカチカしている明かりが、風に吹《ふ》かれて、すうーっと遠ざかっていくような気がした。

「お兄《にい》ちゃんは、そういうことを自分が六年生のときに、考えたの？」

「いや、まあ……。それは」

「考えなかったんだ」

「光平《こうへい》への兄弟愛から、助言してるんだよ」

兄弟愛？　はじめて聞いた。すごい言葉だな。くすぐったくなった。

でも、からかってはいけない。受け売りか、思いつきでも、いいことを言ってくれたんだから。

そうだ。一つの区切りとして、末広《すえひろ》小の卒業式までカウントダウンをしてみてはどうか。きっかり百日前から。それはもう、あしただ。

ぼくは家に帰り、自分の机《つくえ》の引き出しから日記帳を出した。低学年の子が書くような、花の表紙の絵日記だ。

二年前に亡《な》くなったおばあちゃんが、ぼくのために買っておいてくれた。かたみのようなものなので、捨《す》てずに使ってみた。五年生の夏休みと冬休み。そして六年生の夏休み。

三つのシーズンで三章、三十項目《こうもく》の願いを書いたら、ほとんどが実現《じつげん》した。

そして、もうページは残っていない。

新しい日記を買って、また始めてみよう。六年生の冬休みから卒業式にかけて、第四章を十項目《こうもく》。小学校時代の最後を飾《かざ》る、よい思い出になるかもしれない。

いま手もとにあるもののページを、めくってみた。

一ページ目。「もう一度おばあちゃんに会いたい」

こう書いた日の夜、夢《ゆめ》におばあちゃんが現《あらわ》れてくれた。

二ページ目。「もう一度石原《いしはら》さんに会いたい」

夏休みの最後の日に、ぼくは転校した石原《いしはら》さんの家に行き、会うことができた。

五ページ目。「おいしいものが食べたい」

去年の夏は、こんなことを書いていたんだ。なつかしい気分。

ページをとばして、今年《ことし》の夏休み。

二十五ページ目。「ぼくは八月中に鉄棒《てつぼう》の新しい技《わざ》を二つマスターした」そうだ。両ひざかけ振動《しんどう》下り、別名コウモリ振《ふ》り下りと、連続前回りができるようになった。

二十八ページ目。「ぼくは夏休み中に『集中力の研究』をまとめあげた」うっ。これはまだ、十分にできていない。冬休みの課題として、残っている。


六ページ目から先は、「〜したい」ではなく、「〜した」「〜になった」と書き方を変えた。「ぼくは泳げるようになった!!!」のように。

書いたときには、まだクラスでビリ。全然泳げなかった。それが、ほんとうに泳げるようになり、いまでは水泳が得意《とくい》になった。苦手を克服《こくふく》したのだ。

起こった過去《かこ》のことではなく、未来のことをそう書くことによって、必ず実現《じつげん》させるのだと自分に約束する。そして言《い》い訳《わけ》をせず、自分の力でやりとげる。それがぼく流の「願いをかなえるやり方」になった。

いろんな項目《こうもく》をながめていると、その日そのときの自分の思いが、胸《むね》によみがえってきた。

けっこうたくさんのことに挑戦《ちょうせん》してきたんだな。自分を認《みと》めてやってもいい。そんな気持ちと、これからもっと新しいことに挑戦《ちょうせん》していきたい、という前向きな気持ちが生まれた。


「おまえ、よくそのノートを見てるな。魔法《まほう》の呪文《じゅもん》とか、書いてあるのか？」

わっ！　いきなり後ろから、お兄《にい》ちゃんの顔がのぞいた。

びっくりさせないで！

魔法《まほう》の呪文《じゅもん》なんて、『ハリー・ポッター』の見すぎじゃないの？

ぼくはすぐにノートを閉《と》じ、引き出しにしまった。

「ちょっと聞くけど、お兄《にい》ちゃんの卒業式のとき、在校生《ざいこうせい》代表の『送る言葉』と、卒業生代表の『返す言葉』があったよね？」

「うん」

「『返す言葉』って、児童会の人がやったんだよね？」

「そう、佐々岡蓮《ささおかれん》くん。児童会の会長。勉強も将棋《しょうぎ》も天才、とかって言われた」

「ふうん」

「まさか、おまえがやりたいとか……じゃないよな？」

お兄《にい》ちゃんが、わざと目をまるくした。まゆもピクピク。

「そういうのって、やったら思い出にはなるだろうね」

「『送る言葉』も『返す言葉』も、ふつうは佐々岡《ささおか》くんみたいな優等生《ゆうとうせい》がやるもんだ」

お兄《にい》ちゃんの言いたいことは、よくわかった。

ぼくは優等生《ゆうとうせい》ではない。勉強でも、運動でも。

あの日記を書くようになって、だいぶ成績《せいせき》が良くなってきたけど、まだまだイマイチのレベルだ。

「『ふつうは』って言い方は、よくないんじゃない？　そう考えたら、前と同じことのくり返しになる」

「あ、おまえ、いいこと言うじゃん。それ、サッカー部の先生も言ってた。戦術《せんじゅつ》は日々《ひび》更新《こうしん》していかなきゃならないって。同じような意味だな」

「そうかも」

お兄《にい》ちゃんは末広《すえひろ》中サッカー部のゴールキーパーだ。まだ一年生なので、補欠《ほけつ》の補《ほ》欠《けつ》。でも実力は二番手だと、自分では言っている。

「まあ、光平《こうへい》のやる気はほめてやるよ。さすがはおれの弟だ」

その言い方は気になったけど、ほめてくれるなら、まあ、いいか。

きょうはお互《たが》いに、いい言葉をワンゴールずつ決めた。

# うつむく転校生

月曜日の朝、ランドセルを背負《せお》って近くの子ども公園に行った。二週間前から、集《しゅう》団《だん》登校になったからだ。

末広《すえひろ》小の子が不審者《ふしんしゃ》に追いかけられたり、学校の窓《まど》が割《わ》られたりする事件《じけん》があった。犯人《はんにん》はつかまったけど、念のため、今月いっぱいは地区の班《はん》ごとに、グループで登校することになった。

上級生が人数を確認《かくにん》し、全員が集まったら出発する。ぼくたちの七班《はん》は、六年生が二人《ふたり》いる。一人《ひとり》はぼく。もう一人《ひとり》は、同じクラスの望月《もちづき》くんだ。

先頭に立つ役は、二人《ふたり》で交互《こうご》にやればいいのに、そうはいかなかった。

望月《もちづき》くんは極端《きょくたん》に口数が少なく、人とコミュニケーションをとることが、できない……というか、とろうとしなかった。だからこの日も、ぼくがリーダーになった。

「十五人、みんなそろったね？」とぼくが前のほうから言うと、

「はい、だいじょうぶです」と五年生の子が後ろで答えた。

「では出発します。みんな、車に気をつけて」

なんだか低学年担当《たんとう》の、先生になったような気分。

横断《おうだん》歩道のわきに立っている監視員《かんしいん》の人とあいさつをし、末広《すえひろ》小の正門まで、七班《はん》を引率《いんそつ》する。玄関《げんかん》のげた箱の前で解散《かいさん》だ。

「井上《いのうえ》さん、ありがとう」

そう言って、手をふってくれる一年生もいた。

ぼくが手をふり返していたら、

「ばいばい」

近くでつぶやく声がした。見ると、望月《もちづき》くんだった。

へえ、ちゃんと反応《はんのう》できるんだ。ぼくは意外に感じた。

望月大星《もちづきたいせい》くん。名字と名前に、月と星が入っている。

転校生として、今年《ことし》の春にクラスで紹介《しょうかい》されたとき、ぼくはその名前におどろいた。とてもうらやましく感じた。

辞書で調べてみたら、「望月《もちづき》」は満月という意味だった。

ぼくは将来《しょうらい》の夢《ゆめ》として、宇宙飛行士《うちゅうひこうし》をめざしている。そんなぼくにとって、これほどすばらしい名前はない。井上光平《いのうえこうへい》と交換《こうかん》してほしいくらいだ。

望月《もちづき》くんは、二学期に席替《せきが》えがあり、ぼくのすぐ前の席になった。たまには話をしたいと思って、何度かこちらから声をかけてみた。

「きょうの給食、おいしかった?」とか、「昼休みに校庭で遊ばない?」とか。

でも、ちゃんと返事をもらったことは、ない。「わかんない」と「いいよ」くらいかな。それも、やっと聞き取れるくらいの、小さな声で。

言葉は理解《りかい》できるのに、自分から話そうとはしない。いつも背中《せなか》を丸め、うつむいている。

うわさでは、これが三回目か四回目の転校だという。

そうだとしたら、低学年のころからずっと、友だちがいないのかもしれない。そのことに、もう慣《な》れてしまったのかも。

こんなに席が近いんだから、卒業までに一回くらい、ちゃんと会話がしたいと思った。できれば、笑うところも見てみたい。まだだれも、望月《もちづき》くんの笑顔《えがお》を見た人はいないようだから。


それを、新しく買った日記の一項目《こうもく》として、書いてみようか？

自分を変えたいとか、成果をあげたいとかいう願いではないけど、まわりの人とかかわって、なにかを変えたい。良くしたい。そんな願いだって、あってもいいのではないか。

# カウントダウン〈九十九〉

その日は、めずらしくお父《とう》さんが早めに会社から帰り、家族四人そろって食卓《しょくたく》を囲《かこ》んだ。その席で、ぼくは望月《もちづき》くんの話をした。

「何回も転校をしてきて、末広《すえひろ》小でもまだ、友だちがいない。たまに陰《かげ》で『あっちの人』なんて言ってる子もいる」と。

「なんだ、それ？」

お兄《にい》ちゃんの勇太《ゆうた》が、たくわんをガリガリかみながら聞いてきた。

「体育の授業《じゅぎょう》のとき、『望月《もちづき》さんはどこにいるかな？』って、先生が確認《かくにん》したんだ。そうしたら、ある子が『あっちです』と言って、望月《もちづき》くんのほうを指さした。それが始まり」

「別に、どうってことないじゃん？」

「そのときはね」

そのときは、少し離《はな》れていたから「あっち」という言葉を使った。悪意などはなかったと思う。

でも、それがきっかけで、望月《もちづき》くんは一部の子から「あっちの人」とよばれるようになった。あだ名のように。

ぼくの説明を聞いて、お父《とう》さんは「なるほど」とうなずいた。「学校では、あだ名は禁止《きんし》になっているんだったね？」

「うん。でも、陰《かげ》で言っている子はいる。人をからかったり、おちょくったりする子たちが」

「あだ名は、英語でニックネームって言う。知ってるよね？」

「うん」

「本来は、愛称《あいしょう》って意味だ。友だちどうしが、親しみを込《こ》めて言うよび名だね。お父《とう》さんが小学生のころは、もの知りの子をハカセとか、学級委員長の子をキングとか、よんだりした。……ちなみに、ハカセはわたしのことだったが」

「え？　ほんとに？」

お兄《にい》ちゃんが目をまるくした。

「それ、もう百回くらい聞いたわ」

すぐにお母《かあ》さんが言って、ぼくたちは笑った。

「まあ、たわいない話だけど、こういうニックネームなら問題はない。問題なのは、人をからかったり、見下したりするあだ名が多いってことだ。見た目に関するあだ名は、ほとんどがそうだ。言うほうは、かるい気持ちなんだろうけど、言われた人のほうは、とても傷《きず》つく。言葉によるいじめになるからね」

望月《もちづき》くんにつけられた「あっちの人」も、それと同じだと思った。

自分たちは「こっちの人」で、転校してきた子は「あっちの人」。だとしたら、仲間はずれを意味する。なにげない表現《ひょうげん》だって、使い方によっては、いじめになるってことだろう。

「そういう子の友だちになってあげようとするのは、もちろん、悪いことではないわ。でも、『友だちになってやる』って気持ちは、相手にとって、迷惑《めいわく》になることがある。それは忘《わす》れないほうがいいわよ」

お母《かあ》さんが、おだやかな口調で言った。

迷惑《めいわく》——？

「そういえば昔、『小さな親切、大きなお世話』って言葉がはやったな」

お父《とう》さんは、晩酌《ばんしゃく》というのをしながら言った。

ごはんを食べる前に、おかずをつまみながら、お酒を飲む。

ホットのお酒はくさい。できたら別の部屋《へや》で飲んでくれないかな。

「光平《こうへい》は、その望月《もちづき》くんていう子と、自然な感じで友だちになれるといいな。肝心《かんじん》なのは、友情《ゆうじょう》の押《お》し売《う》りをしないことだよ、ボーイ」

出た、お父《とう》さんのボーイ。

お酒を飲んで、きげんがいいと、なぜか口にする言葉だ。

「おまえ、友だちは、ほかにもいるんだろ？」とお兄《にい》ちゃんが言った。

「いるけど、それとは別だよ。一人《ひとり》も友だちができないままで卒業するとしたら、さびしい小学校生活だと思う」

「さびしいか、さびしくないかは、その人に聞いてみなけりゃわからない。さっきお父《とう》さんが言った『小さな親切、大きなお世話』みたいになるぞ」

お兄《にい》ちゃんが、肩《かた》をすくめた。

ちょっと性格《せいかく》が悪いんじゃない？

「こうちゃんは心がやさしいのよ。人のことにも気をくばってあげるのは、とてもいいことだと思うわ。ただ、『さりげなく』ってことが大切よね。さりげなく人を思いやる。押《お》しつけにならないように。これって、意外とむずかしいことかもしれない」

言っている意味は、だいたいわかった。

お父《とう》さんは「友情《ゆうじょう》の押《お》し売《う》り」という言葉を使った。お母《かあ》さんは「さりげなく」、そして「押《お》しつけ」にならないように。中身はほとんど同じだと思う。

自分たちの部屋《へや》にもどってからも、ぼくは望月大星《もちづきたいせい》くんのことを考えた。考えれば考えるほど、望月《もちづき》くんが身近な人のように感じられてきた。実際《じっさい》にクラスの席は、二学期から前と後ろだし、集団《しゅうだん》登校のときも同じ班《はん》だ。できたら望月《もちづき》くんの笑顔《えがお》が見たい。卒業したら、また遠くへ引《ひ》っ越《こ》すのかもしれないけど、それまでに「さりげなく」友だちになりたい。

なぜそう思うのかな。

ぼくも「オボレンジャー」とよばれ、いやな体験をしたことがあるから？

望月大星《もちづきたいせい》という、マンガの宇宙《うちゅう》飛行士《ひこうし》みたいに、かっこいい名前だから？

転校が多かったとしても、友だちはできるよって言ってあげたいから？

――どれも、少しずつ当てはまる気がした。

きょうは十二月十一日。そうだ、卒業へのカウントダウンが〈九十九〉になったのだ。

日記とは別に、自由帳にでも、カウントダウンの日にちを書いておこうか。

ぼくは机《つくえ》の前の本立てや、引き出しの中をさがしてみた。

あれ、あったつもりの自由帳が、ない。代わりに、くるくるっと丸めたカレンダーが引き出しから出てきた。

去年のいまごろ、お父《とう》さんがくれた、「会社の宣伝用《せんでんよう》」のカレンダーだった。使う気がなくて、ここに捨《す》てて……じゃなく、入れておいたのだ。

机《つくえ》の上に広げてみた。縦《たて》も横もかなり大きい。ひと月一枚《まい》で、日にちの数字の下に書《か》き込《こ》むスペースがある。心に「いいね」マークがうかんだ。

自由帳じゃなくても、ここにカウントダウンの数字を書いておけばいい。十二月二十日《はつか》の欄《らん》には〈九十〉。二十五日には〈八十五〉のように。

その数字を、ときどき見るだけでも、一日一日を大切にしようという気持ちが高まるのではないか。

来年用のカレンダーをもらえるよう、あとでお父《とう》さんにたのんでおこう。

カウントダウン〈五十〉は来年一月二十九日。〈二十五〉は二月二十三日。

そして、最後のカウントダウン〈一〉は三月十八日、卒業式の前の日だ。

# 卵《たまご》がうまく割《わ》れない

朝起きると、なんとなく、心がざわついた。カウントダウンが〈九十九〉を切ったからだと思う。

といっても、カウントダウンを思いついたのは十二月九日《ここのか》。まだ三日前のことだ。あせるほどではない、と自分に言い聞かせる。

着替《きが》えて顔を洗《あら》い、キッチンへ。テーブルの上には、BLT《ビーエルティー》（ベーコン、レタス、トマトをはさんだ）サンドイッチのお皿がならんでいた。ぼくの大好きなメニューだ。

「ごめんね。きょうは形がくずれちゃった」

お母《かあ》さんがお皿の上に、目玉焼きをのせてくれた。

ほんとうだ。めずらしく黄身が少し、白身の部分に流れ出している。

「いいよ。お腹《なか》に入ったらいっしょだから」

ぼくはそう言って、自分の席にすわった。

BLT《ビーエルティー》サンドをひと口かじり、目玉焼きにお箸《はし》をのばした。

そこで、手が止まった。

三日後の十五日に、家庭科の調理実習がある。そのことを思い出したからだ。

もしかしたらぼくは、卵《たまご》を割《わ》らなければいけないかもしれない。グループのほかの子にやってもらえるかも、だけど。

ぼくには、弱点があった。たいていの子にできることが、できない。

――卵《たまご》をじょうずに割《わ》ること。

お皿にのった目玉焼きを見て、そのことを思い出した。

学校に入る前、幼稚園《ようちえん》の年長組のころ、ぼくははじめて卵割《たまごわ》りに挑戦《ちょうせん》した。お母《かあ》さんがこのキッチンで、割《わ》り方を教えてくれた。簡単《かんたん》そうに見えたけど、小さい子にはむずかしい。ちょっとした冒険《ぼうけん》だ。

ぼくは手に卵《たまご》を持ち、どんぶりのはしにコンコンとぶつけた。うまく割《わ》れない。

「もうちょっと強くやってごらん」とお母《かあ》さんに言われて、もう一度コンコン。

そのとき、はずみで指がすべり、卵《たまご》が下に落ちた。グチャッという音がしたのを、いまでも覚えている。割《わ》れた殻《から》から床《ゆか》に、白身と黄身が流れ出していた。

ぼくが目玉焼きを作ったら、きょうのみたいになるんだろうな。

今度の家庭科の実習では、卵《たまご》の料理も入る。卵《たまご》を食べるのは好きだけど、自分で割《わ》るのは、好きじゃない。

以前の水泳の「オボレンジャー」と同じで、さあやるぞと思ったら、その瞬間《しゅんかん》に緊《きん》張《ちょう》してしまうのだ。水泳は克服《こくふく》できたのに、卵割《たまごわ》りは、まだできていない。あれから一回しか挑戦《ちょうせん》したことがないので、「たぶん」の話だけど。

その一回も、失敗だった。

コンコンとひびを入れた卵《たまご》に、両手の親指をかけたとき、殻《から》が指にささった気がして、「うっ」となった。卵《たまご》はまた、黄身がくずれた形でどんぶりの中に落ちた。

二回の失敗体験から、ぼくは「卵割《たまごわ》り恐怖症《きょうふしょう》」になった。

そうだ。このことを日記の一項目《こうもく》にしようか。次の成功体験につなげるために。

「●月●日、ぼくはじょうずに卵《たまご》が割《わ》れるようになった」のように。

あの日記に書く内容《ないよう》としては、レベルが低いかな、という気もした。

去年の夏から、ぼくの挑戦《ちょうせん》のレベルは、だんだん上がってきた。これからさらに上がることはあっても、下がるのは、さけたいと思う。

卒業までの九十九日、じゃなくて九十八日のあいだに、新しい十項目《こうもく》を考えなくてはならない。小学生時代最後の第四章として。

書きたい候補《こうほ》は、いまのところ……と考えだしたら、

「どうしたの？　形がくずれた目玉焼きは、だめ？」

お母《かあ》さんが声をかけてきた。

「あ、そんなことない。全然オーケーだよ。食べるのは」

ぼくはすぐに目玉焼きを口に入れた。

## 山下《やました》くんの「なんでも丼《どん》」

三日後、ぼくはキャベツとニンジンが入った袋《ふくろ》を持って登校した。家庭科の調理実習に使う食材は、チームごとに四人のメンバーが分担《ぶんたん》して持《も》ち寄《よ》る。

その日は、五年生から始まった調理実習の最後の日で、各チームがそれぞれ考えたメニューで食事を作り、あとで評価《ひょうか》をし合うことになっていた。

主食、副食、主菜、副菜が入るようにし、授業《じゅぎょう》で習った五大栄養素《えいようそ》を盛《も》り込《こ》むのが条件《じょうけん》だ。糖質《とうしつ》、脂質《ししつ》、たんぱく質《しつ》、ビタミン、ミネラル。

ぼくたちのチームには、心強いメンバーがいた。ぼくの親しい友だちの山下竜也《やましたりゅうや》くんだ。お父《とう》さんとお母《かあ》さんが「ビストロやました」というレストランを営《いとな》んでいるため、山下《やました》くんも調理のことなら「まかせておけ」って感じ。ぼくと他のメンバーは、メニューの選定から当日の調理の分担《ぶんたん》まで、すべて山下《やました》くんの指示《しじ》にしたがった。

メニューの名前は「なんでも丼《どん》」。白米に、肉野菜炒《いた》めとホウレンソウのソテー、梅しらす、目玉焼きなどをのせた一品だ。それにみそ汁《しる》がつく。

「ドラえもんのポケットから出てきそうな名前だね」

「すぐにできるから、みんなも参考にするといいぞ」

前の授業《じゅぎょう》のときに、メンバーと山下《やました》くんとで、そんなやりとりがあった。

「何枚《なんまい》かお皿を使って、主菜と副菜などを分けたほうが、見た目はきれいなんじゃない？」とぼくが聞くと、

「どんぶり一個《こ》にしたほうが簡単《かんたん》そうだし、あとの食器洗《しょっきあら》いもラクだよ」と山下《やました》くんは答えた。

なるほど。言われてみたら、そうだ。

調理実習のときは、頭に三角巾《さんかくきん》をかぶり、エプロンをする。感染症対策《かんせんしょうたいさく》のため、

マスクをふだんよりしっかりつけ、調理中は三度を目安に、石鹸《せっけん》で手を洗《あら》う。ちょっとめんどうだけど、しかたがない。

ぼくたちのチームのテーマは、「調理時間最短、味つけ最高、栄養満点」。山下《やました》くんは、コックの見習いとして、とくに「調理時間最短」を重視《じゅうし》していた。

「それではみなさん、始めてください」

先生が声をかけると、六年二組の八チームはいっせいに調理台の前で動きだした。

「赤井《あかい》さんと佐山《さやま》さんは、みそ汁《しる》を担当《たんとう》して。光平《こうへい》は卵《たまご》をたのむ」

ぼくたちのチームは、おもに山下《やました》くんがまな板の上で、包丁の腕《うで》をふるった。

そのスピードがすばらしく、ぼくたち三人のメンバーは見とれてしまった。

キャベツ、ニンジン、ピーマンなどが、ザックリ、サクサクと、小気味よい音とともに切れてゆく。小学生なのに、まるでもうプロのコックさんみたいだ。

ただ、「光平《こうへい》は卵《たまご》をたのむ」という指示《しじ》に、ぼくはうろたえてしまった。

赤井《あかい》さんと佐山《さやま》さんは、コンロでお湯をわかし、もう一枚《いちまい》のまな板で、みそ汁《しる》の具材の豆腐《とうふ》とわかめを切った。ぼくだけ出おくれている。

卵割《たまごわ》りに挑戦《ちょうせん》してみようか、という思いは、三日前に頭をかすめた。でも、かすめただけで、そのあとしっかり挑戦《ちょうせん》するまでには至《いた》らなかった。

六年生の日記に書くテーマとしてはレベルが低く、書きたくないという気持ちがあったからだ。

でも、リーダー格《かく》の山下《やました》くんに指示《しじ》されたのだから、やらないわけにはいかない。思い切って、トライしてみよう。その気にさえなれば、ぼくはできる。なんでもできる。

よし、一度手を洗《あら》って、弱気を洗《あら》い流《なが》そう。

見ると、調理台のまわりの水道は、あいにくどこも使用中だった。家庭科室のすぐ外にあるトイレを利用したほうが早そうだ。

ぼくは急いで部屋《へや》を出て、トイレに入った。

ハンドソープで手を洗《あら》い、家庭科室にもどって、ペーパータオルで念入りに手をふく。卵《たまご》を割《わ》るときに手がすべらないように。

チームの調理台のほうに歩きかけたところで、「あっ」と声が出そうになった。

フライパンの上で、山下《やました》くんが片手《かたて》で卵《たまご》を割《わ》っていた。


——その日、ぼくたちのチームは、断《だん》トツに早く調理を終えた。肉野菜炒《いた》めやホウレンソウのソテー、目玉焼き作りまで、一人《ひとり》で三人分くらいの働きをした山下《やました》くんのおかげだ。

ぼくはといえば、使った包丁やまな板を洗《あら》ったり、火加減《ひかげん》を見たりしたくらい。いないよりはまし、という程度《ていど》だった。

なんでも丼《どん》は、あとの品評会《ひんぴょうかい》でも人気一位に輝《かがや》いた。

家庭科の先生は、きちんと別々《べつべつ》のお皿に盛《も》りつけなかったことが不満のようだったけど、逆《ぎゃく》に、各チームへのうけはよかった。教科書の盛《も》りつけ例と全然ちがっていた点が、おもしろがられたのだ。

「山下《やました》くんは、いつから片手《かたて》で卵《たまご》が割《わ》れるようになったの？」

「二、三年前くらいかな」

放課後、ぼくは久《ひさ》しぶりに山下《やました》くんといっしょに下校した。

「手が小さくても、できるの？」

「卵《たまご》が持てれば、だれだってできる。コツだよ。泳ぐのだって同じだろ？」

「そうなのかな」

卵割《たまごわ》りと水泳は別のように感じたけど、言っていることはわかった。

「前にスミス先生が、『習うより慣《な》れろ』って、英語の授業《じゅぎょう》で言ってたよな」

「たしか……Practice makes perfect」

「あ、すげえ！　ちゃんと覚えてる」

山下《やました》くんは両手をあげ、大げさにおどろいたふりをした。

ぼくも、英語の表現《ひょうげん》がすらっと口から出てきたことに、びっくり。

「光平《こうへい》は、いままで何回くらい、卵《たまご》を割《わ》ってきた？」

「二回だけ。どっちも失敗した」

「失敗して当たり前だな。二回なんて、やったうちに入らない。おれなんか、もう何百回もやってる。はじめは失敗もしたけど」

そうなのか。言われてみれば、当たり前のように思う。

「卵割《たまごわ》りなんて、ひとパック分も練習すれば、すぐできるようになる」

「コツは？」

「だから、Practice……なんとかってやつだ。あえていえば、グシャッとつぶさないで、横にパカッと開くことかな」

山下《やました》くんが目の前で、両手の指を動かした。

グシャッじゃなくて、パカッか。

なんだか低学年レベルの話みたいで、おかしくなった。


しばらく進むと、末広橋《すえひろばし》が見えてきた。山下《やました》くんと下校するときは、いつもここで自然と足が止まる。下を流れる末広川《すえひろがわ》を見ていると、なぜか、なつかしいような、ちょっと胸《むね》をしめつけられるような、せつない気持ちになるのだ。

「ゆく河《かわ》の流れは絶《た》えずして、しかももとの水にあらず」

国語の教材に出てきた『方丈記《ほうじょうき》』という古典の一節が、頭にうかんだ。

「もうすぐクリスマスだな」

山下《やました》くんがつぶやいた。橋の欄干《らんかん》に両腕《りょううで》をついて。

背中《せなか》のランドセルが、前より小さくなったように見えた。ぼくのほうも、同じだろう。末広《すえひろ》小学校での六年間が、あと九十五日で終わるのだ。

「ここに来ると、いつも時間が早く過《す》ぎていく気がする」

「おれも。川の流れが速いからかな。見てると、なんか、がんばらなくっちゃ、って気持ちになる」

「お互《たが》いに『ガン・バルジャン』だね」

ぼくは、クラスの合言葉を口にした。がんばれ、という意味だ。

山下《やました》くんは、足もとに落ちていた茶色い枯《か》れ葉《は》を一枚《いちまい》、川面《かわも》に落とした。すると、まるで生き物のようにゆれながら、枯《か》れ葉《は》は水の上をすべっていった。

# 一年二組、沢井《さわい》ルナちゃん

「おい、光平《こうへい》、遅刻《ちこく》するぞ」

お兄《にい》ちゃんに起こされ、時計《とけい》を見て、びっくり。二十分も寝坊《ねぼう》した。

あわてて服を着替《きが》え、トーストをかじりながらランドセルを背負《せお》う。

外に出たら、雪がうっすら積もりかけていた。まだ十二月なのに。

十二月十八日。カウントダウン〈九十二〉。朝からきれいな景色《けしき》だ。

あせっていた気持ちに、少しゆとりができた。

傘《かさ》をさして、集団《しゅうだん》登校の集合場所、子ども公園へ。

もうほとんどの子が集まり、白くなった園内を走りまわっていた。

「みんな、集まって！」

ぼくはいつもどおり、ベンチの前に立ってよびかけた。

雪を見て、心がはずんでいるせいか、整列するのがおそい。

「急いでくださーい」

そう声をかけたときだった。

大きな泣き声が聞こえた。ブランコのほうから。

目を向けると、ブランコのわきに女の子が倒《たお》れ、泣いている。ブランコから落ちたようだ。

ぼくがそっちに行こうとすると、先に列から走りだした人がいた。

すぐに女の子のところに着いて、

「大丈夫《だいじょうぶ》？　どこか痛《いた》い？」と聞いた。

望月《もちづき》くんだ。あの、望月大星《もちづきたいせい》くん。きょう二度目のびっくり。

女の子は、一年二組の沢井《さわい》ルナちゃん。集団《しゅうだん》登校のあと「井上《いのうえ》さん、ありがとう」と声をかけてくれる、人なつっこい子だった。

ぼくは足を止め、望月《もちづき》くんの対応《たいおう》を見守った。

ルナちゃんは右の足首をさすって、「ここ」と言った。
望月《もちづき》くんはその場にしゃがみ込《こ》み、足首に両手をそえて、
「痛《いた》いの痛《いた》いの、とんでけー」と呪文《じゅもん》をとなえた。「どう？　治った？」
ルナちゃんはうなずき、それから「おんぶがいい」とおねだりをした。
望月《もちづき》くんは、自分のランドセルを背中《せなか》からおろすと、ルナちゃんをおんぶした。
自分のランドセルを片手《かたて》にさげ、列のほうにもどってくる。
たぶん、時間は一分くらいしか、たっていない。
お兄《にい》さんと妹みたいなやりとりを目にして、ぼくはあっけにとられた。
望月《もちづき》くん、きみはちゃんと、しゃべれるんじゃないか！
小さい子への対応《たいおう》も、慣《な》れている感じがあった。
こっちにくると、ルナちゃんは望月《もちづき》くんの背中《せなか》で、ニコッとぼくに笑いかけた。
よかったね。
足首の痛《いた》みは、たいしたことではなさそうだ。班長《はんちょう》として、ひと安心。
「十五人、みんなそろった？」

「はい、大丈夫《だいじょうぶ》です」

いつもの声かけをして、七班《はん》のグループは、粉雪《こなゆき》がちらつく中を出発した。

ぼくは自分の傘《かさ》をさしながら、望月《もちづき》くんの傘《かさ》を、二人《ふたり》の上にさしかけた。

望月《もちづき》くんのランドセルも、ぼくが胸《むね》の前にかけた。人間サンドイッチだ。

「ありがとう」

望月《もちづき》くんが、ささやくような声で言った。

「井上《いのうえ》さん、ありがとう」

ぼくのほうを見て、ルナちゃんが笑顔《えがお》で言った。


末広《すえひろ》小の正門をとおり、玄関《げんかん》へ。

げた箱の前で、おんぶからおりると、

「お兄《にい》ちゃんは、なんてお名前？」とルナちゃんが聞いた。

「望月《もちづき》っていうんだよ」

「ふうん。下のお名前は？」

「大星《たいせい》。大きな星って書く。わからないよね？」

「わかるよ。ルナちゃん、お星さま大好きだもん。今度、わたしが作ったお星さま、あげるね」

「うれしいな。じゃあ、楽しみにしてる」

「ばいばい」

ルナちゃんは望月《もちづき》くんに手をふり、ついでにぼくにも「ばいばい」と言って、廊下《ろうか》の向こうへ。足首は、もうなんともないようだ。

去ってゆく女の子を、望月《もちづき》くんはやさしいまなざしで見送っていた。

「もしかして、妹がいるの？」

さりげない口調を意識《いしき》して、ぼくはたずねた。

すぐに望月《もちづき》くんの表情《ひょうじょう》が変わった。開いていた心の窓《まど》が、ピタッと閉《と》じるのがわかった。

# エアあやとりって？

間もなく冬休みだ。それが小学生最後の、長いお休みの期間になる。

来年の三月に春休みがあるけど、六年生はその前に、卒業式をむかえる。

「冬休みか……」

なにげなく、つぶやいた。

すると反射的《はんしゃてき》に、「集中力の研究」という言葉が頭にうかんだ。

今年《ことし》の夏休みの自由研究用に、思いついた題名だった。もう四か月くらい前のことになるかな。

かっこいい題名だから、気持ちは盛《も》り上《あ》がった。でも、中身がうまくまとまらず、中途半端《ちゅうとはんぱ》なまま終わってしまった。そして、続きは冬休みに、と考えたのだ。

ああ、まずい。肩《かた》が急に重くなった気がした。

先のばしにするより、夏は夏のこととして、あきらめたほうがよかったのでは？

でも冬休みに、と考えたのは事実で、いまさら忘《わす》れたふりは、できない。してはいけないだろう。……と思いつつ、心の中で、まよった。

「冬休みは短いぞ。のんびり自由研究なんかしている時間はない」という声と、

「光平《こうへい》なら、できる。去年の夏から、力をつけてきたじゃないか」という声と。

二つの声が、かわるがわるに聞こえた。


集中力は、①気分、②体調、③姿勢《しせい》、④環境《かんきょう》などによって変わる。そう思ってぼくは、読書の効果《こうか》を例にとり上げ、夏休みに調べてみた。

お菓子《かし》を食べながら読書する、音楽を流す、うるさいテレビをつける、寝《ね》ころぶ、電車の中で読むなど。あれこれと自分の状態《じょうたい》や環境《かんきょう》を変え、集中力の高まり方を「考察」した。というと、題名と同じでかっこいいんだけど、結果は「よくわからない」だった。

がっくり。

まわりは静かでも、うるさくても、気持ちがのってさえいれば、集中できる。たぶんそんな感じかな、ということは想像《そうぞう》がついた。だったら、気持ちを高く維持《いじ》するには、どうすればいいのか。

集中すればいい？　ブブー。それでは堂々《どうどう》めぐりだ。

なにか具体的な方法を見つけなければ、結論《けつろん》は出ない。


冬休みの前にそんなことを考えていたら、次の日の朝読書の時間に、ひらめきがあった。

教室で本を読み始めるとき、ななめ前の席の人が、両手を顔の前で動かしていた。

木ノ内乙女《きのうちおとめ》さんだ。この人は、席替《せきが》え前の一学期は、ぼくのとなりの席だった。

そういえばテストのときなどにも、よくこんな動作をしていたものだ。

「さっきは指の体操《たいそう》をしていたの？」

十分間の朝読書が終わってすぐ、ぼくは声をかけてみた。

「気持ちを整えるルーティンだよ。きみも見習いなさい」

木ノ内《きのうち》さんは、先生のようなものの言い方をした。

この人は、ときどき変な表現《ひょうげん》をする、おもしろい人なのだ。

「ルーティン？」

「大事なことをするときの、決まった手順みたいなもの、かな。わたしの場合はエアあやとり」

そう言って、ぼくの前で両手の指をすばやく動かした。

「エア……？」

「知らないの？　ほんとうにやっているような動きを、空中ですること。ほら、ほうき。はさみ。これは星。特別サービスで、ほい。乙女《おとめ》オリジナルのナイアガラの滝《たき》。ひゃっほー、冷たい」

あやとりなら、ぼくも少しだけ知っていた。

大阪《おおさか》のおばあちゃんのところに行くとき、よくお母《かあ》さんが新幹線《しんかんせん》の中で教えてくれた。おばあちゃんは、二人《ふたり》あやとりという遊びが好きだったからだ。

病院のベッドの上でできる遊びは、限《かぎ》られていた。毛糸を指にかけ、おばあちゃんと交互《こうご》に技《わざ》をくり出して、形の変化を楽しむ。おばあちゃんの手の動きは、年のせいか病気のせいか、とてもゆっくりだった。

木ノ内《きのうち》さんのエアあやとりのほうは、指の動きがとても速く、なにをしているのかわからなかった。

「これで気持ちが整うの？」と聞いてみた。

「無心になれるっていうのかな。これをやると、テストのときでも読書でも、頭にすーっと文章が入ってくる。森の岩清水《いわしみず》みたいに」

「森の岩清水《いわしみず》？　なんだか……たとえも、すごいんだね」

「井上《いのうえ》さんもやってみる？　わたし、いつもランドセルの中に手芸の道具とか入れてるから。毛糸もある」

そのとき、近くに人の視線《しせん》を感じた。

目を向けると、望月大星《もちづきたいせい》くんだった。

席がぼくの一つ前だから、望月《もちづき》くんがそばにいても、ふしぎではなかった。

ただ、いつもとちがって、目を大きく見開いていることに、おどろいた。

「もっくんも、やりたい？」と木ノ内《きのうち》さんが聞いた。

望月《もちづき》くんは、だまって目を伏《ふ》せた。いつものように。


「あの子は『もっくん』てよばれているの？」

あとで確認《かくにん》すると、木ノ内《きのうち》さんは首を横にふった。

「知らない。ぱっと思いついただけ」

思いつきの名前で、人をよぶのか。ほとんど口をきいたことがない相手なのに。

さすがというか、なんというか。

「井上《いのうえ》さんも『いのっち』とかって、どう？」

「遠慮《えんりょ》します。ノーサンキュー」

ぼくは両手で大きなバツ印を作った。

木ノ内《きのうち》さんの話し方は別にして、「ルーティン」という言葉が頭に残った。

もしかしたら、集中力の高め方を考えるうえで、キーワードになるかもしれない。

気持ちを整えるという表現《ひょうげん》にも、感心した。


その日の昼休み。木ノ内《きのうち》さんはランドセルから赤い毛糸を取り出し、

「井上《いのうえ》さん。これ、図書室でやろうか」と言った。

「図書室で？」

「みんなに見られながら教室の中で、あやとりできる？」

言われてみれば、たしかに。ちょっと照れくさい。

図書室は、すぐ上の階にあった。

「気が向いたら、もっくんもどう？　あやとり、楽しいよ」

部屋《へや》を移動《いどう》するとき、木ノ内《きのうち》さんは望月《もちづき》くんにも声をかけた。

「なぜ望月《もちづき》くんをさそったの？　あの子は来ないよ。ぼっちが好きみたいだから」

「わたしは来ると思う。さっき、わたしのエアあやとりを、すっごく真剣《しんけん》な目で見てたから。チャンスだよ、井上《いのうえ》さん」

「なにが？」

「あの子と友だちになれるチャンス。なれたらいいなって、思ってたんでしょ？」

思わず階段《かいだん》でつまずきそうになった。

どうしてそんなことを知ってるの？

木《き》ノ《の》内乙女《うちおとめ》さんは、ただの天然系《けい》の女子ではない。勉強もよくできるし、勘《かん》がするどい。とてもユニークな個性《こせい》を発揮《はっき》する人だった。

「当たり、でしょ？　あの子が来たら、ごちそうしてくれてもいいよ」

「なにを？」

「ガリガリ君」

まさか。冗談《じょうだん》でしょ？

「もうすぐ冬休みだけど？」

「冬のガリガリ君も、ぶるぶるっときて、おいしいんだよ」

この人とおしゃべりしていると、楽しいんだけど、こっちの頭のネジがゆるくなってしまう。

図書室は、人がまばらで静かだった。

ぼくたちは司書の先生にあいさつをし、窓《まど》ぎわの席にすわった。木《き》ノ内《のうち》さんが、輪になった赤い毛糸をポケットから出す。

「朝読書の前にやっていたのは、こういうやつ」

まず両手の親指と小指で長方形を作ると、そこから次々《つぎつぎ》とおもしろい形を見せてくれた。一人《ひとり》あやとりだ。十本の指が複雑《ふくざつ》に動き、まるで手品をしているみたいだ。

ぼくはしばらく木《き》ノ内《のうち》さんの技《わざ》に見とれた。

「ナイアガラの滝《たき》って、どうやるの？」と質問《しつもん》したときだった。

「ほら、予言的中。もっくんが来た」

木《き》ノ内《のうち》さんが両手に毛糸をからめたまま、「おいでおいで」のしぐさをした。

それにさそわれるように、望月《もちづき》くんがおずおずとこっちに歩いてきた。

すごい！　ほんとうに予言的中だ。

木《き》ノ内《のうち》さんのことが、まるで占《うらな》いの先生みたいに感じられた。

「はい、どうぞ」

前置きなしで、望月《もちづき》くんのほうに、さっとあやとりの糸を向けた。

木ノ内《きのうち》さんの両手に、「つり橋」の形ができている。それが二人《ふたり》あやとりを始める最初の形だということは、ぼくも知っていた。

いきなり「つり橋」を差し出され、望月《もちづき》くんは反射的《はんしゃてき》に、という感じで、自分の指をそこにかけて新しい形を作った。「田んぼ」だ。

すばやい手の動きから、あやとりに慣《な》れている様子が感じられた。

「ほい」と言って木ノ内《きのうち》さんも、すぐに「川」を作る。

そこから赤い毛糸は、次々《つぎつぎ》と形を変えて、二人《ふたり》のあいだを行ったり来たりした。

そばで見ていると、前からこの遊びをしてきた、仲よしのペアみたいだった。

木ノ内《きのうち》さんが相手に気をつかうことなく、という雰囲気《ふんいき》で、まっすぐ望月《もちづき》くんにしかけたからだろう。

望月《もちづき》くんは、すーっと引《ひ》き寄《よ》せられ、そのまま巻《ま》き込《こ》まれてしまった。

ふうん。こういうコミュニケーションのとり方もあるのか。

ぼくは木《き》ノ内《うち》さんの接《せっ》し方《かた》に感心した。ぼくにはとても、できそうにない。

そのまま何分くらい、続けていただろうか。

無心になって両手をあやつっていた望月《もちづき》くんの顔が、だんだん曇《くも》ってきた。

そのうち目もとが赤くなり、涙《なみだ》がうかんだ。

どうしたの？

「ありがとう」

望月《もちづき》くんは、手から赤い毛糸をはずし、木《き》ノ内《うち》さんに返した。

ささやくように言って、図書室をあとにした。

「いまの子、どうかしたの？」

すぐに司書の先生が、ぼくたちのところに来た。

望月《もちづき》くんの様子を見て、異変《いへん》を感じたようだ。

「急に用事を思い出したみたいです。ね？」

「はい。あやとりが、どうとか……いてっ！」

となりの木《き》ノ《の》内《うち》さんに、足の甲《こう》をふまれた。

あやとりの糸は、すばやくポケットにしまわれていた。図書室であやとりをしていたとわかれば、司書の先生に注意されると思ったのだろう。

先生が遠ざかると、ぼくたちは、とくに意味はなく窓《まど》の前に立ち、しばらく校庭を見おろした。

冬晴れの明るい光が、目にまぶしかった。数日前にふった雪は、もうすっかりとけていた。校庭で遊びまわる子どもたちの姿《すがた》が、光の中にうかんで見える。

「転校してくる前の学校にも、あの子とあやとりをしてくれた子がいたのかな」

しみじみとした声で、木《き》ノ《の》内《うち》さんがつぶやいた。

「…………」

「わたしみたいな、やさしい女の子。思い出して、ほろっとしちゃったんだ」

あの……全部、本気で言ってますか？　と確認《かくにん》したくなった。

「そうなのかな」

「あら、ちがう？」

「いや、木《き》ノ《の》内《うち》さんのことじゃなくて、前の学校とかのこと」

ちょっとにらまれ、あわてて訂正《ていせい》した。

「そういえば、ナッキー、いまごろなにしてるかな」

木《き》ノ《の》内《うち》さんは、窓《まど》の桟《さん》に両ひじをついて言った。

ナッキー。石原《いしはら》なつきさん。四年生の終わりの三月に、転校していった人だ。

それまではクラスの委員長で、木《き》ノ《の》内《うち》さんの親友。そしてぼくの幼《おさな》なじみだった。

ぼくはだまったまま、青空の向こうに目を向けた。

あまりにきれいで、まぶしくて、目じりに涙《なみだ》がにじんできた。

# 金の星と銀の星

下の階におりていくと、六年二組の教室の前に、小さな子が立っていた。廊下《ろうか》の窓《まど》から中をのぞこうとしているようだ。

身長が低くてよく見えないらしく、さかんに背伸《せの》びをしている。

「あれ？　もしかして、沢井《さわい》ルナちゃん？」

「あ、井上《いのうえ》さん」

「こんなところに、何しに来たの？」

そばに行くと、ルナちゃんは、手に持っていたものをぼくに見せた。

「望月《もちづき》さんに会いに来たの？」

「うん。朝あげるの忘《わす》れちゃったから。ほら、井上《いのうえ》さんのもあるよ」

小さな手には、金と銀のお星さまがあった。折り紙で作った、とんがりが五つの五《ご》芒星《ぼうせい》だ。

なるほど。そういうことか。

「ちょっと待っててね。いま望月《もちづき》さんをよんでくるから」

ぼくは教室に入り、席についていた望月《もちづき》くんの耳もとでささやいた。

「ルナちゃんが外で待ってるよ。きみにプレゼントがあるみたい」

机《つくえ》の上に突《つ》っ伏《ぷ》していた望月《もちづき》くんが、勢《いきお》いよく跳《は》ね起《お》きた。

まわりの子たちに気づかれないように、二人《ふたり》して教室の外へ。

「ほらー、持ってきたよ！　約束したから、ちゃんとあげる」

ルナちゃんが大きな声で言って、望月《もちづき》くんに金の星を差し出した。

ぼくには銀の星だ。

「すごい！　ありがとう、ルナちゃん」

望月《もちづき》くんの表情《ひょうじょう》が一変した。きれいな星をもらって、雨のち快晴《かいせい》だ。

「よくここまで来れたね。ずっと一人《ひとり》で来たの？」とぼくはたずねた。

「先生に聞いた。途中《とちゅう》で別の人にも聞いたよ。一人《ひとり》で六年二組までこれた」

「そう。冒険《ぼうけん》したんだね」

望月《もちづき》くんに頭をなでられ、ルナちゃんは得意《とくい》そうに笑った。

着ていたセーターの胸《むね》に、金と銀の星とおそろいの赤い星が、ピンで留《と》めてある。

「でも、ちゃんと帰れるかな……」

笑顔《えがお》のあと、不安そうに小首をかしげた。

別棟《べつむね》の一年二組まで一人《ひとり》でもどるのは、同じように大変な冒険《ぼうけん》かもしれない。


ぼくたちは片手《かたて》にそれぞれ星を持って、ルナちゃんと手をつないだ。

人が行きかう廊下《ろうか》を三人ならんで歩くのは、まわりの迷惑《めいわく》になる。が、言い聞かせてもルナちゃんは、すぐまた手をつなごうとした。それが、よほどうれしいらしい。

ぼくたちは横に広がらないよう、からだをななめにして歩いた。それでも人とぶつかりそうになる。

ときどきルナちゃんの頭越《あたまご》しに、望月《もちづき》くんと目が合った。お互《たが》いに自然と、照れ笑いのような表情《ひょうじょう》になる。

望月《もちづき》くんには、以前から、人と目が合うのをさける感じがあった。だからぼくも、じっと見つめないように気をつけた。

でもこのときは、望月《もちづき》くんのほうからぼくを見て、ほほ笑《え》みかけてきた。小さな女の子をあいだにはさみ、ちょっとだけ、親しみの気持ちを通わせられたように感じた。

図書室で別れてから、まだ三十分もたっていなかった。

# 「いいよ」が「イーヨー」に？

十二月二十二日。終業式の日に、また雪がふった。

放課後、最後のそうじ当番で窓《まど》ふきをしていたら、

「光平《こうへい》、あとで雪だるまを作ろう。あのへんで」

山下竜也《やましたりゅうや》くんが声をかけてきた。

校庭のすみの、雪がうっすらと積もったあたりを指さしていた。

「いいよ」とぼくは答えた。OK《オーケー》ではなく、NO《ノー》のほうの意味で。

きょうは手袋《てぶくろ》を持っていなかったし、体調もかぜ気味で、良くなかった。

そのとき、ぼくの近くで床《ゆか》そうじをしていた望月《もちづき》くんが、びくっとした顔でぼくを見た。そして、なにかをたしかめるような目つきになった。

えっ？　どういうこと？

ぼくもクエスチョンマークの顔で見返すと、望月《もちづき》くんは、ふっとほほ笑《え》んだ。あ、二度目に見るほほ笑《え》みだ。もしかしたら、口もとがちょっと、ゆるんだだけかもしれないけど。

「もうすぐクリスマスだから、雪だるまを作ると、サンタが喜《よろこ》ぶぞ。やろうぜ」

山下《やました》くんが、二年生か三年生みたいなことを言った。

「いいよ、きょうは」

もう一度、首をふった。

すると望月《もちづき》くんは、またぼくに目を向け、手で口もとをかくした。

笑いそうになったのを、こらえているような感じだ。

山下《やました》くんは「じゃあ、また今度な」と言って、離《はな》れていった。

ぼくはすぐ望月《もちづき》くんに近づき、

「どうしたの？」と聞いてみた。

「いいよって言ったから……思い出しちゃった」

ぼくの前で――ぼくに向かって、ちゃんとした言葉を言ってくれた。

意味はわからないけど、なんだか、うれしい。

「いいよが、どうかしたの？」

「前の前の学校で、ぼくのあだ名は『イーヨー』だった。『クマのプーさん』に出てくる、ロバの名前」

クマのプーさん？

ぼくは何度もまばたきをした。大好きだったアニメのタイトルだったから。

幼稚園《ようちえん》から小学校の低学年のころ、家族とＤＶＤ《ディーブイディー》でよく見た。

登場するキャラクターの名前も、印象的《いんしょうてき》なセリフも、まだしっかり覚えている。

「やあ、イーヨー、元気かい？」

ぼくは登場人物の男の子、クリストファー・ロビンの声をまねして言った。

すると、望月《もちづき》くんも、ぼくと同じようにまばたきをくり返した。そして――

"Hallo,Eeyore,"said Christopher Robin,as he opened the door and came out.

"How are you?"
（「やあ、イーヨー、元気かい？」。クリストファー・ロビンはドアを開け、外に出てきて言いました）
"It's snowing still," said Eeyore gloomily.
（「まだ雪がふってるよ」。イーヨーは憂《ゆう》うつそうに言いました）

オーマイガー！　思わずさけびそうになった。

英語のスミス先生が、おどろいたときなどに、わざとオーバーなリアクションをつけて言うセリフだ。

望月《もちづき》くん。きみは帰国子女なの？　英語で『クマのプーさん』を見ていたなんて。

そのとき、まわりにいた子が二人《ふたり》、からんできた。

「あ、『あっちの人』がしゃべっている」

「いまの、英語だったぞ」

「すげぇ！」

わざとらしい笑い声があがった。

望月《もちづき》くんは、だまって教室を出ていった。


こんなふうに、人をおちょくるのが趣味《しゅみ》のような人たちがいる。

じゃまをされなければ、もっとたくさん話ができたのに。

そうしたら、「イーヨー」のあだ名のほかにも、望月《もちづき》くんのことを知り、ぼくのことも少し知ってもらい、気持ちよく二学期を終えられたはずだ。

その機会を失ったことが、とても残念だった。


ぼくはクリスマスイブから、三十八度台の熱が出て寝込《ねこ》んだ。去年のインフルエンザのときほど重症《じゅうしょう》ではなかったけど、三日間、ほとんどなにもできなかった。

十二月二十七日になって、ようやく体調がもどってきた。

最初にしたのは、石原《いしはら》なつきさんに年賀状《ねんがじょう》を書くことだった。

前回、今年《ことし》の元日に書いたときは、緊張《きんちょう》のせいか、失敗をくり返した。

やっとうまく書けたと思ったら、表と裏《うら》と、上下さかさまになっていたり、うたた寝《ね》して、年賀状《ねんがじょう》によだれをたらしたり。アイロンをかけて乾《かわ》かそうとしたら、熱が強すぎ、トーストのように紙が変色してしまった。

ぼくには、どうも……まぬけというか、ドジなところがある。

でも今年《ことし》は、ちゃんと一枚《いちまい》目の年賀状《ねんがじょう》で成功した。もうすぐ中学生になるのだ。アイロンをかけて失敗するようなことは、今後ないだろう。

年賀状《ねんがじょう》をポストに出してから、日記に書く内容《ないよう》をチェックした。

おばあちゃんからもらった「えにっき」は、三十ページで終了《しゅうりょう》したので、新しいのを買った。五年生の夏、五年生の冬、六年生の夏に続き、今回が第四章になる。

カウントダウン〈ゼロ〉に向けて、これまでどおり一ページに一個《こ》、合計十個《こ》でまとめよう。頭の中には、もう六個《こ》の案があった。

「ぼくは十二月十日《とおか》にカウントダウンを始め、卒業式の日までそれを続けた」

「ぼくはカレンダーにカウントダウンの数字を記入し、毎日見た」

「ぼくは新年の元旦《がんたん》までに卵割《たまごわ》りができるようになった」

「ぼくはカウント〈五十〉の日までに集中力を高める自分のルーティンを決めた」

「ぼくは卒業するまでに望月大星《もちづきたいせい》くんと友だちになった」

「ぼくは卒業式の『返す言葉』を読む卒業生代表に立候補《りっこうほ》した」

全体の半分くらいは「卒業」にかかわるものだった。たぶん、これから出てくる案も、そうなるのではないか。小学校時代の最終章なのだから。

# 年末から年始へ



カウントダウン〈八十〉。十二月三十日。

ぼくは駅前のスーパーに行って、卵《たまご》のパックを買った。

十個《こ》入りを買うつもりだったのに、棚《たな》には四個《こ》入りのパックもならんでいた。自分のお金で買うのだから、できれば安いほうがいい。二回以上うまく割《わ》ることができれば、「ぼくは卵割《たまごわ》りができるようになった」と言えるのではないか。

帰ってすぐキッチンへ行き、卵割《たまごわ》りに挑戦《ちょうせん》した。

やっぱり手に持っただけで、指先がふるえそうになった。まだ成功した体験がないからだろう。苦手意識《いしき》みたいなものが、働いているのかもしれない。

がんばれ、光平《こうへい》！　大事なのは、元気と勇気だ。おまえには、それがある。

いったん卵《たまご》をボウルの横に置いて、自分に言い聞かせた。両手を握手《あくしゅ》するように、右の甲《こう》を上、次は左の甲《こう》を上と、交互《こうご》にぎゅっと握《にぎ》りしめる。それを二回やり、

「おばあちゃん、見ていてね」

天井《てんじょう》を向いてつぶやくと、気持ちがすーっと落ち着いた。

あ、もしかして――。

木ノ内《きのうち》さんがエアあやとりのときに言った「心が整う」って、こういうことなのかな。そんな思いがひらめいた。

ふたたび卵《たまご》を手に持ち、ボウルのふちでコンコン。割《わ》れ目《め》に両手の親指をそえて、山下《やました》くんに教わったとおり、グシャッではなく、パカッと横に開いた。

すぐに中身が下に落ちた。黄身は、透明《とうめい》な白身の中央で、きれいに盛《も》り上《あ》がっていた。成功だ！

同じことを、ぼくは四回やった。結果は、三勝一敗。

全勝ではなかったけど、「できた」と言ってもいいだろうと判断《はんだん》した。

ボウルに入れた卵《たまご》は、お母《かあ》さんに言って、次の日の卵料理《たまごりょうり》に使ってもらった。

うれしかったのは、もう一つ。ルーティンというもののヒントが得《え》られたことだ。両手で交互《こうご》に強く握手《あくしゅ》をし、それをくり返しながら、ひとこと、おばあちゃんに語りかけること。

どうってほどのことではないけど、それで集中力が高まるなら、またやってみよう。卵割《たまごわ》りの成果は、四字熟語《よじじゅくご》でいうなら、「一挙両得《いっきょりょうとく》」ってことかな。

ぼくはキッチンで、「やりー！」っと声をあげた。

その勢《いきお》いで、新しい年をむかえた。

今年《ことし》はきっと、いいことがある。元旦《がんたん》の晴れた空を見上げて、ぼくの心にはメロディが流れた。六年生になって習った歌、滝廉太郎《たきれんたろう》という人が作曲した「花」だ。

末広川《すえひろがわ》の何倍もある川が、朝の光に輝《かがや》きながら、元気に流れてゆく。そんなイメージが、ぼくの中でふくらんだ。

石原《いしはら》なつきさんからの年賀状《ねんがじょう》がとどけば、そのイメージはさらに大きくふくらむだろう。

ぼくはこの日、何度も玄関《げんかん》のわきの郵便受《ゆうびんう》けを見にいった。

四回目の十一時すぎに、年賀状《ねんがじょう》がとどいた。郵便受《ゆうびんう》けの前で、ざっと差出人の名前に目を通した。

あれ？　来ていない。……どういうこと？

晴れていた空に、暗い雲がただよってきたような気分。

楽しみにしていた石原《いしはら》さんからの年賀状《ねんがじょう》は、一月三日になってもとどかなかった。


元日には、家族そろってお雑煮《ぞうに》を食べ、新年の抱負《ほうふ》を語り合った。

二日《ふつか》には、近くの神社へ行き、お参りをした。帰ってからは書《か》き初《ぞ》め。

三日には、日記を広げ、第四章の項目《こうもく》を十個《こ》に増《ふ》やそうとした。

でもモチベーションが上がらず、この日は途中《とちゅう》で作業をやめた。

たった一枚《いちまい》の年賀状《ねんがじょう》がとどかなかったせいで、ぼくの心の歯車はおかしくなった。

# 始業式の朝

「みなさん、お正月はどんなふうに過《す》ごしましたか？　書《か》き初《ぞ》めはしっかり書けましたか？　先生も、みなさんの顔を思いうかべて、各学年の課題を一枚《いちまい》ずつ書きました。じょうずに書けたかどうかはわかりませんが、校長室の入り口に張《は》っておくので、興味《きょうみ》のある人は見にきてください。さて、きょうから三学期が始まりますね」

校長先生の顔が、教室のモニターに映《うつ》っている。始業式の講話《こうわ》だ。

去年の四月から、新しい女の校長先生になって、朝会の印象《いんしょう》が変わった。それまでの、ちょっと厳《きび》しいお父《とう》さんの雰囲気《ふんいき》から、やさしいお母《かあ》さんの雰囲気《ふんいき》になった。

こういう校長先生もいるんだな。

先生のやわらかいものの言い方に、ぼくは親しみを感じた。

でもこの日、講話《こうわ》の最後に、ぼくたちはショッキングなことを聞いた。

「六年二組の西村《にしむら》先生が、年末から入院されました。検査《けんさ》のための入院だそうですが、まだしばらく日数がかかりそうです。早く元気に復帰《ふっき》されることを、みなさんとともにお祈《いの》りしたいと思います」

「えー？」というおどろきの声が、教室のあちらこちらから、あがった。

そして、校長先生の講話《こうわ》が終わると、教室の前のドアが開いた。

まず教頭先生が登場し、続いて六年二組の副担任《たんにん》、倉本鈴花《くらもとすずか》先生が現《あらわ》れた。

「みなさん、おはようございます」

教頭先生が教壇《きょうだん》に立ってあいさつした。

「おはようございます」

ふぞろいな感じで、みんなの声が続く。

「いま校長先生がおっしゃったとおり、西村《にしむら》先生はしばらくお休みになります。こちらの、副担任《たんにん》の倉本《くらもと》先生が代わりをつとめますので、みんなでクラスを盛《も》り上《あ》げてください。いいですか？」

「……はーい」

「なんだ、しぼんだ風船みたいだな。もっと元気に！」

「はーい」

「倉本《くらもと》先生はお若《わか》く、まだ経験《けいけん》が少ないので、わたしが毎日サポートに来ます」

教頭先生の言葉に、見えない霧《きり》のようなざわめきが広がった。

校長先生は去年の春に替《か》わったけど、教頭先生はもう三年間、替《か》わっていない。

ギョロッとした目つきや話し方に威圧感《いあつかん》があって、人気はあまりない。この先生が毎日「サポート」に来るなんて。

三学期早々《そうそう》、六年二組の教室にはどんよりした空気が流れた。

続いて倉本《くらもと》先生が、緊張《きんちょう》した様子でおじぎをした。

「西村《にしむら》先生がもどってこられるまで、みなさん、よろしくお願いします」

西村《にしむら》先生は、いつごろ学校にもどってくるんだろうか。

クラスのみんなの思いは、たぶん同じだったと思う。

でも教頭先生がいる前で、それをたずねるのは、むずかしかった。病気の種類を聞くことも。

だから、あとで倉本《くらもと》先生に質問《しつもん》が集中した。

たくさんの言葉が矢のように飛んできて、倉本《くらもと》先生は答えにつまった。

そして、困《こま》ったあげく、いまにも泣きそうな顔になった。

そのとき――

「センセ泣かしたらあきまへんで」

いきなり関西弁《かんさいべん》が炸裂《さくれつ》した。ぼくの後ろのほうの席で。

教室が一瞬《いっしゅん》、しんとなった。

この声は、もしかして、岩崎《いわさき》修《しゅう》斗《と》くん?

よく関西弁《かんさいべん》でぼくたちを笑わせる、英語担当《たんとう》のエドワード・スミス先生のまねだということは、すぐにわかった。

でも、岩崎《いわさき》くんは、おもしろキャラではなかった。勉強もスポーツもよくできる優《ゆう》等生《とうせい》で、とてもまじめな子だ。冗談《じょうだん》みたいなことは、めったに言わない。
そんな人が、なぜ？
「西村《にしむら》先生のことは、ちゃんと教頭先生に聞こうよ」
別の子が、つられたように言った。
すると、教室の雰囲気《ふんいき》が変わった。
いま倉本《くらもと》先生を質問攻《しつもんぜ》めにするのは、良くない。先生が知らないことや、知ってい
ても言えないことが、あるのかもしれない。そのへんは、もう六年生なのだから、察
する気持ちを持つべきだ。
そんなふうに、風向きが変わった。岩崎修斗《いわさきしゅうと》くんの「あきまへんで」がきっかけ
になった。
まじめな子が、たまにおどけた言い方をすると、効果《こうか》は抜群《ばつぐん》のようだ。こういうの
を「値千金《あたいせんきん》」というのかな。
西村《にしむら》先生のことは心配だったけど、だからといって、さわぎたてるのはよそう。
ぼくもそう思った。

その日の終わりの会で、ぼくたちはちゃんと教頭先生に質問《しつもん》した。

わかったことは、①西村《にしむら》先生はいま療養中《りょうようちゅう》であること、②正式な病名はまだわからないこと、③三学期中には復帰《ふっき》できるのではないか、という三点だった。

「みなさんの思いがとどくように、しっかり勉強にはげんでください。いいですね？」

教頭先生は、いつものように、ちょっと威圧的《いあってき》な言い方をした。


思いをとどけるために、ぼくは、どんなことができるだろうか。

考えているうちに、自然と日記が頭にうかんだ。

あの日記は、自分の願いや目標を書くためのものだ。でも、いままでに二回だけ、自分以外の人のことを書いた例がある。

四ページ目。「お父《とう》さんとお母《かあ》さんが仲直りしてほしい」

八ページ目。「おじさんは八月二十二日にふるさとへ帰った」

第一章、去年の夏のものだ。二回とも、そのときは切実な願いだった。

西村《にしむら》先生について書くとしたら、どんなふうになるだろうか。

「西村《にしむら》先生は●月●日に退院《たいいん》した」——それとも、

「西村《にしむら》先生は●月●日にぼくたちの前に現《あらわ》れた」——？

どんな状態《じょうたい》なのかもわからないので、てきとうなことは書けない。

もう少し時間をおいてから、しっかり考えよう。

でも、いちばんいいのは、ぼくが日記に書く前に、先生が元気にもどってきてくれることだ。

# 寒中お見舞《みま》いがとどいた

元日から二週間が過《す》ぎた月曜日の夕方。

石原《いしはら》なつきさんから、待ちに待った連絡《れんらく》があった。

「あ、井上《いのうえ》さん？　こんにちは」

「どうも、こんにちは。井上光平《いのうえこうへい》です」

「いま、いい？」

「はい。いつでもいいです。毎日でも」

心の準備《じゅんび》ができてなかったので、変なやりとりになってしまった。

石原《いしはら》さんから電話を受けるときは、たいてい、こんなふうになる。

「寒中お見舞《みま》い、とどいた？」

「え？　宅配便《たくはいびん》のようなもの？」

「じゃなくて、はがき。年賀状《ねんがじょう》の替《か》わりの」

「とどいてないと思うけど。ちょっと待って。いま郵便受《ゆうびんう》けを見てくる」

携帯《けいたい》電話を耳に当てたまま一階におりて、玄関《げんかん》の外へ。郵便受《ゆうびんう》けをのぞく。

「あ、来てました。『寒中お見舞《みま》い申し上げます』って。どういう意味かな」

「はがきに書いてあるとおり。去年の暮《く》れに、おばあちゃんが亡《な》くなったの。だから年賀状《ねんがじょう》が出せなかった。……連絡《れんらく》がおそくなって、ごめんね」

そこで石原《いしはら》さんの声が途切《とぎ》れた。涙《なみだ》ぐんでいるみたいだ。

「ごめんね」なんて、言わなくていいのに。


おばあちゃんが亡《な》くなった――。聞いてぼくは、三年前のことを思い出した。

大阪のおばあちゃんが、クリスマスの次の日に亡《な》くなったのだ。こうちゃんが大きくなるまで、長生きするって言っていたのに。

あの夜、電話に出たお母《かあ》さんから告《つ》げられ、ぼくは泣いた。大泣きした。

「年賀状《ねんがじょう》が来なくて、気になってたけど。そうだったんだ」

「うん」

「こういうとき、ぼくのほうは、えーと、ごしゅうぎ……じゃなくて、ごしゅいん申し上げます、かな」

「ご愁傷様《しゅうしょうさま》です、じゃない？」

「あ、そう？　それは、なんていうか……とっても失礼しました」

ぼくがまぬけな言い方をしたせいで、石原《いしはら》さんは「ふふっ」と泣き笑いのような声を出した。

そして、しばらくしてから、

「こうちゃんて、よんでもいい？」

「いいです。思い切り、いいです」

「わたしのほうも、なっちゃんで」

聞いて鼻の奥《おく》が、じんと熱くなった。

石原《いしはら》さんが転校していくときは、「もう子どもじゃないんだから、こうちゃんなんてよぶな」って怒《おこ》ったのに。いまは幼《おさな》いころのよび名が、なつかしかった。たまにしか会えなくなっても、「なっちゃん・こうちゃん」てよび合うだけで、心が通じる気がした。

「冬休みの前に、木ノ内乙女《きのうちおとめ》さんが『ナッキー、いまごろなにしてるかなてた。図書室の窓《まど》ぎわで」』って言っ

「その日の夜に、乙女《おとめ》から電話があった。わたしは泣いてて、ちゃんと話せなかったけど」

「どうして？」

「おばあちゃんが天に召《め》された日だったから」

天に召《め》された？

そういう表現《ひょうげん》があることは知っていた。でも、小学生が使う言葉ではない。

石原《いしはら》さんが口にすると、とても大人《おとな》っぽく、きれいな表現《ひょうげん》に感じた。

ぼくのおばあちゃんのほうが三年先に、天に召《め》されていた。しょっちゅう夢《ゆめ》に出て

くるから、亡《な》くなったっていう実感は、あまりないけど。

「こうちゃん、元気でいてね」

ふいにまっすぐな声で、石原《いしはら》さんが言った。

「うん。なっちゃんも、ずっと元気で」

「ありがとう」

なんだか……変な雰囲気《ふんいき》になった。

そのあとに「さよなら」が続きそうな予感がして、ぼくは首をふった。

# あの日からもう一度

西村《にしむら》先生のことについては、すぐに、さまざまな説が出まわった。持病の心臓病《しんぞうびょう》が悪化したらしい。いや、脳《のう》の血管がつまって、意識《いしき》不明になった。じつは、ランニング中に転んで足を骨折《こっせつ》しただけ。たいしたことはない――など。ただの「うわさ」にすぎないようだったけど、それだけ西村《にしむら》先生のことを心配している人が多い、ということなのか。

倉本《くらもと》先生は、その分、逆《ぎゃく》に、主担任《たんにん》の役をやりにくそうに見えた。授業中《じゅぎょうちゅう》に教頭先生が、教室の後ろで腕組《うでぐ》みをしていることがあった。予告《よこく》したとおり「サポート」に来たのだ。でも応援《おうえん》というより、視察《しさつ》みたいな感じだった。

授業《じゅぎょう》を受けるぼくたちも緊張《きんちょう》したけど、プレッシャーは倉本《くらもと》先生のほうが大きかったにちがいない。

休み時間になって、教頭先生がいなくなると、

「倉本《くらもと》先生、がんばってください。わたしたち、先生を応援《おうえん》してます」などと、はげましにいく女子のグループもあった。


ある日、終わりの会にまた教頭先生が顔を出した。そして、こんなことを言った。

「卒業式まで、あと二か月あまりになりました。早いものだね。今年《ことし》も例年どおり、六年生の中から『返す言葉』をのべる人を募集《ぼしゅう》します」

すると、いちばん前の席の男子が手をあげた。

「おや、きみが立候補《りっこうほ》するのかね？」

「ち、ちがいます、ただの質問《しつもん》です」

クスッと笑い声がもれた。

「どうぞ」

「あれは、児童会の人がやるんじゃないんですか？」と男子が聞いた。

「そう決まっているわけじゃない。立候補者《りっこうほしゃ》がいなければ、そうなることが多いというだけです。在校生《ざいこうせい》がやる『送る言葉』のほうは、昨年度など、学年全体で三名の立候補者《りっこうほしゃ》がいました。このクラスにもね」

教頭先生が、ちらっとぼくのほうを見た——と感じたのは、気のせいだったのか。

卒業式まで二か月あまり。そう言われて、頭の中にカレンダーを思いうかべた。

お父《とう》さんからもらった今年《ことし》のカレンダーに、ぼくはカウントダウンの数字を書《か》き込《こ》み、毎日それを見るようにしていた。

カウントダウン〈六十〉は一月十九日。〈五十〉は一月二十九日。

数字が少なくなるにつれて、時間がたつスピードが速まる。そんな気がした。

その日の帰りに、げた箱の前で望月《もちづき》くんと会った。

教室では前と後ろの席なのに、新年になってからは、まだ話をしていない。二学期の終わりごろには、友だちになりかけていたのに。

イーヨーの話を、ほかの子にじゃまされたのが、致命的《ちめいてき》にまずかった。できればもう一度、あの日のあの場面から、やり直したいと思った。

ぼくがいることに気づいて、望月《もちづき》くんが目礼をしてきた。

チャンスだ。

「やあ、イーヨー、元気かい？」

思い切って声をかけてみた。またクリストファー・ロビンの声をまねて。

望月《もちづき》くんは、あのときと同じように、まばたきをくり返した。

そして、少し間をおいてから、

「またやる？」と言った。

「いいね」

ぼくは右手の親指を立てて、笑顔《えがお》になった。そうなるように心がけた。

"Hallo,Eeyore,"said Christopher Robin,as he opened the door and came out.
"How are you?"
（「やあ、イーヨー、元気かい？」。クリストファー・ロビンはドアを開け、外に出て

きて言いました)

"It's snowing still," said Eeyore gloomily.

(「まだ雪がふってるよ」。イーヨーは憂《ゆう》うつそうに言いました)

望月《もちづき》くんは、前回とぴったり同じ英語のセリフをくり返し、

「でも、きょうは雪がふってない」と日本語で言った。

じゃまをする子たちがいないか、まわりを見ながら、ぼくはスニーカーをはいた。

「続きの話ができるといいね」

そう声をかけると、望月《もちづき》くんはだまってうなずいた。

たまに山下《やました》くんといっしょに帰る道を、この日は望月《もちづき》くんとならんで帰った。

といっても、去年の集団《しゅうだん》登校の道順を逆《ぎゃく》に歩くだけだ。

同じ班《はん》だったから、住んでいる場所も近いに決まっている。そのことに、いままで思いが向かなかったのが、おかしく感じた。

「『クマのプーさん』は、ずっと英語版《えいごばん》で見ていたの？」

「前の前のおじさんのところにいたとき、英語と日本語と両方入っているのを見た。本も読んだよ」

前の前のおじさん？

なにか、込《こ》み入《い》った事情《じじょう》がありそうだ。

でも、余計《よけい》な質問《しつもん》はしない。お父《とう》さんとお母《かあ》さんが言った「さりげなく」と「押《お》しつけにならないように」というアドバイスを思い出して。

「英語がスラスラと出てきたから、びっくりした。帰国子女なのかと思った」

「だったらいいんだけど。ちょっと……というか、だいぶちがう」

ちがうのか。

ぼくは一度、深呼吸《しんこきゅう》をした。できるだけ楽しい話になるよう、考えをめぐらせる。

「ルナちゃんからもらったお星さま、うれしかったね」

「うん。こっちの学校に来て一つだけ、いい思い出ができた」

「一つだけ？」

「転校ばかりしてると、いい思い出なんてできない。いじめられるし、友だちになれそうな子も見つからない。変なあだ名をつけられたりもするし」

あっちの人――。

「だから、自分からは話をしないようにしているの？」

「話をしても、地域《ちいき》によって言葉づかいが異《こと》なったりするから。それでまた、からかわれる。転校生って、いろいろ……めんどうなんだ」

そうなのか。

ぼくは六年二組を代表して、望月《もちづき》くんにあやまりたくなった。


「イーヨーって言われるのは、平気なの？」

「そんなにいやじゃない」と望月《もちづき》くんは言った。「イーヨーは、『クマのプーさん』の中では暗めの性格《せいかく》だけど、問題解決《かいけつ》につながる発想ができるキャラだから」

「そうだよね。ぼくは、クリストファー・ロビンは別にして、おっちょこちょいのティガーも好きだ」

「それ、ぼくも。タイガーなのに、tiger のスペルを tigger って、まちがえて書いたんだよね。それでティガーになっちゃった」

二人《ふたり》して笑った。

はじめの緊張感《きんちょうかん》は、だいぶうすれてきた。

「おくびょう者のブタさん、ピグレットはどう？」とぼくは聞いた。

「あれもおもしろいキャラだよね。口ぐせは『ど、ど、ど、どうしよう』。子どものころピグレットのまねをしたら、『やめなさい、くせになるから』って注意された」

「先生に？」

「おばさんに。静岡《しずおか》にいたとき」

「ふうん。きみはもう、いろんなところに行ったんだね」

「行かされた。しょうがないよ。家族がいなくなっちゃったんだから」

そこでまた、会話が止まった。

ちょうど末広橋《すえひろばし》が見えてきたところだった。

# さよならだけが人生だ？

橋にさしかかって、自然と足が止まった。

ひと息つきながら、話の続きを考えた。

「ぼくは望月《もちづき》くんの……名前がまず好きだな。満月に大きな星なんて、かっこよすぎる。ぼくの夢《ゆめ》は、宇宙飛行士《うちゅうひこうし》になることだから」

「ぼくのお父《とう》さんも、昔は天体望遠鏡で空をながめるのが好きだったんだって。おじさんたちから聞いた。実際《じっさい》になったのは、高校の理科の先生だった」

「もしかして、宇宙飛行士《うちゅうひこうし》になる試験とか、受けたのかな？」

「知らない。ぼくがまだ小さいころの話だから。ぼくの妹の名前は、美宇《みう》っていったんだ。大星《たいせい》と同じで、宇宙《うちゅう》を感じさせる」

「美宇《みう》ちゃんと、よくあやとりをしたの？」

「もうだいぶ前のことだけどね。ルナちゃんみたいに、かわいかった。小学生になる前の年に、いなくなっちゃって。天国のお星さまになったのかな、お父《とう》さんやお母《かあ》さんといっしょに」

橋の欄干《らんかん》にもたれ、ぼくたちは末広川《すえひろがわ》に目をやった。一か月くらい前に、山下竜也《やましたりゅうや》くんとここで話をしたときのように。

望月《もちづき》くんは淡々《たんたん》とした口調で、自分の家族の話をしてくれた。そんなこと言っていいの？　と思うくらい率直《そっちょく》に。

望月《もちづき》くんは小学一年生のときに、虫垂炎《ちゅうすいえん》の手術《しゅじゅつ》を受けたそうだ。そのお見舞《みま》いに家族三人が、お父《とう》さんの運転する車で病院に来て、帰り道で事故《じこ》にあった。

その後の事情《じじょう》は、だいたい察しがついた。

もしぼくが、望月《もちづき》くんと同じ人生を歩むことになったら――？

想像《そうぞう》しただけで、鳥肌《とりはだ》が立った。

運命という文字が、水の流れに飲《の》み込《こ》まれ、たくさんの水泡《すいほう》となって、末広川《すえひろがわ》を下ってゆく。そんなイメージがわいた。

「あのね、望月《もちづき》くん」と声をかけた。

すると、急にたくさんの水泡《すいほう》が押《お》し寄《よ》せてきたみたいに、胸《むね》がつまった。

水泡《すいほう》は涙《なみだ》となって、目からあふれた。

いったんあふれると、涙《なみだ》は止まらなくなった。がまんしようとしても、嗚咽《おえつ》がしゃっくりのように込《こ》み上《あ》げてきた。

「ぼくの家族のために、泣いてくれるの？」と望月《もちづき》くんは言った。

ぼくはうなずいた。しばらく言葉が出なかった。

十分か十五分くらい末広橋《すえひろばし》で話をし、ぼくたちはまた歩きだした。

やがて、集団《しゅうだん》登校の集合場所だった子ども公園にさしかかった。どちらからともなく、木の下のベンチに腰《こし》をおろした。

「さっきみたいな話を人にしたのって、はじめてだ」

「ぼくは、だれにも言わないよ。安心して」

「ありがとう」

「末広《すえひろ》小を卒業したら、どうなるの？」

――あ、まずい。思わず聞いてしまった。

すぐに言い直す。

「ぼくたち、どんな人生を歩むのかなって意味だよ」と。

「また引《ひ》っ越《こ》しがある。いつものように」

望月《もちづき》くんは、ぼくの言い直しを受け流し、素直《すなお》に答えてくれた。

「……そうなんだ」

どこへ？　と聞きたかったけど、それは口にできなかった。

言っていいことと、言わないほうがいいこととの境目《さかいめ》が、よくわからなかった。

「ぼくのお父《とう》さんは、五人きょうだいの末っ子だった。だから、四人のおじさんやおばさんが交替《こうたい》で、ぼくのめんどうをみてくれる。ありがたく思わなくちゃ」

自分に言い聞かせるような口調だった。

「望月《もちづき》くん」

「え？」

「ルナちゃんから星をもらったことを、一つだけのいい思い出って言ったよね？」

「うん」

「卒業するまでに、もっと大きな思い出ができるんじゃないかな。ぼくはそう思う。いまもこうして、すごく心に残りそうな時間を送れているんだから」

「ありがとう」と望月《もちづき》くんは言った。「でも、『さよならだけが人生だ』って言葉、正しいのかもしれない。……前の前のおじさんが教えてくれた」

なにそれ？　きょう二番目の大きな衝撃《しょうげき》を受けた。

わけがわからないまま、気持ちがすごく動揺《どうよう》した。

「さよならのあとは、次の日の『おはよう』か『こんにちは』なんじゃない？」

ぼくはランドセルを背負《せお》った右の肩《かた》で、望月《もちづき》くんの左の肩《かた》を押《お》した。

怒《いか》り、みたいな感情《かんじょう》がわいてきた。

# 質問《しつもん》と答え

「質問《しつもん》だけど、『さよならだけが人生だ』って言葉、聞いたことある？」

日曜日の朝、食卓《しょくたく》で両親にたずねてみた。

お兄《にい》ちゃんはサッカー部の練習で、すでに出かけていた。

「さあ、わたしは知らないけど」

お母《かあ》さんは首をかしげ、お父《とう》さんのほうに目をやった。

「ほう。小学生の質問《しつもん》とは思えないレベルだな」

お父《とう》さんはみそ汁《しる》のお椀《わん》を持ったまま、ちょっとおどろいた顔をした。

そして、まゆをビクッと動かす。――あ、知ってるんだ。

ふだんは「疲《つか》れ気味《ぎみ》のおじさん」って感じだけど、お父《とう》さんは、わりと教養みたいなものがある。

「光平《こうへい》はもう、国語で古典を習っていると言ってたね？」

「うん。『枕草子《まくらのそうし》』とか『方丈記《ほうじょうき》』とか、少しだけ」

「漢文は？」

「漢詩っていうのが、教科書に出てきた。『春眠暁《しゅんみんあかつき》を覚えず』とか」

「そうか。早いんだな、いまの小学校は」

お父《とう》さんはお椀《わん》をテーブルに置くと、背《せ》すじをのばし、まじめな表情《ひょうじょう》になった。

「『さよならだけが人生だ』って言葉も、漢詩の一節だったと思うよ。なんとかっていう日本の有名な小説家が、そんなふうに、おもしろく翻訳《ほんやく》した」

「翻訳《ほんやく》なの？」

「漢文から、ふつうの日本語へのね。なんていう小説家だったかな。調べてみるか」

お父《とう》さんは、スマートフォンをさがすようなそぶりをした。

「あ、待って。スマホで調べられるなら、自分でやってみる」

ぼくは手早く食事を切り上げ、二階の自分の部屋《へや》に上がった。

インターネットで検索《けんさく》してみると、すぐにヒットした。
元の漢詩というのは、こういうものだった。

花発多風雨　(花発《はなひら》けば風雨多し)
人生足別離　(人生別離《べつり》足る)

翻訳《ほんやく》は、「花が咲《さ》くと、風雨にさらされることが多くなる。同じように、人生には別れがつきものだ」となっていた。「足る」とは、多いという意味のようだ。
お父《とう》さんが言った「有名な小説家」とは、井伏鱒二《いぶせますじ》という人だった。ぼくは全然知らない。その人のほうの翻訳《ほんやく》は、

ハナニアラシノタトヘ《エ》モアルゾ
「サヨナラ」ダケガ人生ダ

……だいぶ感じがちがっていた。

「人生別離《べつり》足る」が、どうして「サヨナラ」ダケガ人生ダ、になるんだろう。

でも、なんとなく、おもしろいとも思った。同じ漢詩でも、人によって受け取り方がちがうというところが。

「『サヨナラ』ダケガ人生ダ」という言葉は、その部分だけが切り取られ、名言として世の中に広まったらしい。

ふうん。勉強になった。

検索《けんさく》して、さらに興味《きょうみ》をひかれたのは、「サヨナラ」ダケガ人生ダ、にも、二とおりの解釈《かいしゃく》があるという点だった。

一つは、出会いのあとには必ず別れがある。だから人生ははかない、という考え方。もう一つは、別れがあることを自覚して、だから一日一日を大切に生きよう、という考え方だ。

「だから」のあと、ため息をついて終わるか、前を向いて生きるか。そこで人生に対する態度《たいど》が、大きく変わる。

深い話だな、と感心した。

望月《もちづき》くんの言い方は、ため息のほうに近かったのではないか。だからぼくは、イラッとしたのだろう。

でも――と考え直してみた。望月《もちづき》くんが歩いてきた道を想像《そうぞう》すれば、人生の見方が暗くなるのも、しかたないことかもしれない。

家族も友だちもいない人生。毎年のように「転校生」となって、新しい場所で生きる。それがどれほど大変なことか。ぼくには想像《そうぞう》しようとしても、しきれないと思った。

ぼくにできることは一つ。自然な感じで望月《もちづき》くんと友だちになることだ。

さりげなく、押《お》しつけがましくならないように気をつけて。

# 自分流を表現《ひょうげん》する

「卒業式のアレ、決まったか？」

机《つくえ》に向かって考えごとをしていたとき、お兄《にい》ちゃんが声をかけてきた。

「アレって？」

「『返す言葉』を読む人。卒業生の代表」

偶然《ぐうぜん》だろうけど、すごいタイミングだ。

ちょうどその文章を考えていたところだった。原稿《げんこう》用紙を前にして。

お兄《にい》ちゃんは二段《だん》ベッドの上の段《だん》で、スマホゲームをやっていた。ピコピコ、ドキユーンと、はでな音がする。

「よく知らない。まだだと思うよ」

「おまえ、やってみたら？　どうせ立候補《りっこうほ》する人なんか、いないだろうから」

「どうしてそう思うの？」

「勉強ができるグループは、私立《しりつ》中学を受験する子が多い。試験日はたいてい二月だから、卒業式どころじゃない。のんびり遊びたいグループは、『返す言葉』なんかに興味《きょうみ》がない。だから立候補者《りっこうほしゃ》はゼロで、たいてい児童会の会長とかがやるってわけ」

十二月にも、お兄《にい》ちゃんと話したことのあるテーマだった。

「卒業生の代表になるのって、勇気がいるよね。代表らしい人じゃないと、笑われそうだし」

「去年は佐々岡蓮《ささおかれん》くんだった。前にも言ったよな？　先生方も保護者《ほごしゃ》の人たちも、児童会の会長だったら安心できる」

保護者《ほごしゃ》の人たちも？

ぼくのお父《とう》さんやお母《かあ》さんも、含《ふく》まれるんだ。心臓《しんぞう》がドキンと鳴った。

卒業式の晴れ舞台《ぶたい》で、失敗は許《ゆる》されないだろう。

五年生の夏の読書感想文コンクールに入賞《にゅうしょう》したとき、ぼくは朝会で、前の校長先生から賞状《しょうじょう》を授与《じゅよ》された。体育館のステージに上がり、「おめでとう」と言われたとき、「すみません」なんて口走ってしまい、みんなに笑われた。はじめての体験で、緊張感《きんちょうかん》がマックスだったのだ。

そしてステージの階段《かいだん》をおりるとき、今度はズリッと足をすべらせ、しりもちをついてしまった。すごい爆笑《ばくしょう》が起こった。まるでコントを演《えん》じたみたいに。

思い出したら、顔がほてってきた。

佐々岡蓮《ささおかれん》さんという人が、去年の卒業式で読んだ『返す言葉』。それは五年生の在校生《ざいこうせい》として、ぼくも体育館で聞いていた。おおまかな文脈《ぶんみゃく》は、記憶《きおく》に残っていた。

①卒業の日をむかえられたのは、先生方や保護者《ほごしゃ》、地域《ちいき》の方々《かたがた》のおかげだと感謝《かんしゃ》しています。このような卒業式を用意していただき、ありがとうございました。

②ふり返ってみると、入学してから六年間、さまざまなことがありました。その思い出をなつかしみ、今後の糧《かて》にして、次のステップへと進んでいきます。

③ほんとうにありがとうございました。末広《すえひろ》小学校がこれからもますます栄えるよう、卒業生一同、心から祈《いの》っています。

だいたいこんな流れだった。佐々岡《ささおか》さんはそれを壇上《だんじょう》で、きちんと読み上げた。

階段《かいだん》からおりるときも、すべったりせず、しっかりした足取りだった。

光平《こうへい》、おまえにできるかな？　自分にそう問いかけてみた。

できる？　できない？

それは……やってみなければわからない。

やってみなければわからないことは、なんでもやってみる。「やった」と、あらかじめ日記に書いて。それがぼくのルール、「光平流《こうへいりゅう》」みたいなものになっていた。

そうだよね？

原稿《げんこう》用紙を前にして、ぼくはそんなふうに自問自答を重ねた。

佐々岡《ささおか》さんの文章は、きっと「返す言葉」の見本みたいなものかもしれない。

ぼくだったらそれに、新しい要素《ようそ》を加えたいと思う。

卒業式は、とてもおごそかな雰囲気《ふんいき》だ。最初から最後まで、まじめなのは当たり前だけど、生《き》まじめすぎるんじゃないかな。去年参加して、そう思った。

じっと折りたたみいすにすわったまま、身動きをするのも、コホンとせきをするのも、がまんしなければいけない感じ。からだがムズムズし、おしりが痛《いた》くなった。

おごそかな中にも、ちょっと明るい部分、動きがある部分も、あっていいんじゃないか。たとえば、学校の行事をふり返るときに、運動会や保護者《ほごしゃ》参観の様子などを、ちらっとステージで演《えん》じたりして。

あんなことや、こんなことがあったと、言葉でふれるだけでなく、寸劇《すんげき》で織《お》り込《こ》むのだ。リアルな印象《いんしょう》とユーモラスな感じが含《ふく》まれ、保護者《ほごしゃ》の人たちにも喜《よろこ》ばれるのではないか。

そして、卒業生が受けた授業《じゅぎょう》の様子なども、壇上《だんじょう》のスクリーンをおろして映像《えいぞう》を映《うつ》すとか、それが無理なら、実際《じっさい》の音声を少し流すとかすれば、ふり返りの機会になるだろう。

あと、六年間ずっと在籍《ざいせき》した卒業生のことだけでなく、転校していった人や転校してきた人のことにも、少しふれたい。そこには、涙《なみだ》ぐましいドラマというか、それぞれに事情《じじょう》があっただろうから。

佐々岡《ささおか》さんの「返す言葉」を聞いていて、ぼくは、卒業生がみんな「六年間在籍《ざいせき》組」だったかのような印象《いんしょう》を受けた。転校していった人もいれば、転校してきた人もいるはずなのに。

では、どういうふうに表現《ひょうげん》するのか。

――答えは、まだない。

なんとか工夫《くふう》して、そこのところをうまく伝えられたら、と思う。

「おまえ、最近まじめっぽいな」

ベッドから、またお兄《にい》ちゃんが声をかけてきた。

ピコピコ、ドキューン。うるさい音が、また聞こえてきた。

「前からまじめだったと思うけど」

「そうか。まあ、兄弟だからな」

あーあ、一気に力がぬけた。ぼくたちは、ほんとうに兄弟なのか？

お兄《にい》ちゃんのせいにする気はないけど、原稿《げんこう》がまとまるまでに一週間もかかった。

しめきりの二月二十二日、ぼくは清書した原稿《げんこう》を、倉本鈴花《くらもとすずか》先生に提出《ていしゅつ》した。

カウントダウン〈二十六〉。ゴールまで、一か月を切っていた。

卒業という言葉が、いっそう現実味《げんじつみ》を帯びてきた。


原稿《げんこう》を提出《ていしゅつ》した勢《いきお》いで、ぼくは日記に、追加の項目《こうもく》を書こうとした。

まず、年末に書いた六項目《こうもく》を確認《かくにん》する。

「ぼくは十二月十日《とおか》にカウントダウンを始め、卒業式の日までそれを続けた」

「ぼくはカレンダーにカウントダウンの数字を記入し、毎日見た」

「ぼくは新年の元旦《がんたん》までに卵割《たまごわ》りができるようになった」

「ぼくはカウント〈五十〉の日までに集中力を高める自分のルーティンを決めた」

「ぼくは卒業するまでに望月大星《もちづきたいせい》くんと友だちになった」

「ぼくは卒業式の『返す言葉』を読む卒業生代表に立候補《りっこうほ》した」

……続きが、なかなか思いうかばない。


「ぼくは小学校時代の最高の思い出をカウントダウンの期間中に作った」

「西村《にしむら》先生は卒業式に参加することができた」


……そこまで書いてしまっていいのか。とくに最後の一項目《こうもく》……。

ぼくは第七の項目《こうもく》だけ、追加として書《か》き込《こ》んだ。でも、西村《にしむら》先生のことは、やっぱりまだ無理だと思った。情報《じょうほう》がないのだから。

第四章を、いままでどおり十項目《こうもく》でまとめるには、あと三つ、足りない。

もう少し、時間をかけてみよう。必ず見えてくるものがある、と信じて。

# 二年続けて校長室へ

「井上《いのうえ》さん、そうじ当番が終わったら、職員室《しょくいんしつ》へ来てください」

終わりの会のあと、倉本《くらもと》先生から声をかけられた。

「はい」と返事をしてから、数秒後に「えっ？」と声が出そうになった。

これって、去年と同じシチュエーションじゃないかと思ったからだ。

ぼくに声をかけたのは、去年は担任《たんにん》の西村《にしむら》先生、今年《ことし》は副担任《たんにん》の倉本《くらもと》先生。セリフはほとんど変わらないと思う。

ぼくは床《ゆか》そうじ用のモップを手にしたまま、去年のことを回想した。

二月二十四日、職員室《しょくいんしつ》に行くと、西村《にしむら》先生がぼくを待っていた。そして、すぐにとなりの校長室へ連れていかれた。

そこは学校の中で、「別の星」みたいな、いかめしい場所だった。りっぱな机《つくえ》のまわりに、黒っぽいいすがいくつもならび、どれもピカピカに光っていた。校長室に入ってすぐ、ぼくのからだは固まってしまった。

……今年《ことし》も、去年と同じようなことが起こるのだろうか。

五年生のとき、ぼくは卒業式で「送る言葉」を読む在校生《ざいこうせい》代表に立候補《りっこうほ》し、その原《げん》稿《こう》を書いた。提出《ていしゅつ》して二日《ふつか》後によび出され、校長室で審査《しんさ》の結果を聞いた。

「点数をつけるなら、百点です」

校長先生と教頭先生に、まずほめられ、そのあと、遠まわしな言い方で「残念な結果」を伝えられた。泣けるような内容《ないよう》ではなく、ユーモラスな書き方だったことが、「送る言葉」らしくないと判断《はんだん》されたようだ。

「これにこりず、ぜひまたすばらしい作品を――」と校長先生はしめくくった。

去年の四月から、校長先生はいまの浅川美穂《あさかわみほ》先生に替《か》わった。でも、ぼくの原稿《げんこう》はまた落選になるのではないか。そんな気がした。

今回、日記に書いたのは、「『返す言葉』を読む卒業生代表に立候補《りっこうほ》した」だったから、立候補《りっこうほ》したあとの結果は関係ない。大切なのは、自分が努力をしたかどうかなのだ。それが良い結果につながれば、うれしいに決まっているけど。

気持ちとしては、去年も「だめ元」のつもりだった。でも「だめ」が現実《げんじつ》になってみたら、落《お》ち込《こ》みは思っていた以上に大きかった。ぼくは校長室を出て、帰宅《きたく》する道の途中《とちゅう》、走りながら泣いてしまった。

今年《ことし》は去年よりも強く覚悟《かくご》を決めて、職員室《しょくいんしつ》に行かなければ。

そうじが終わり、ぼくは一人《ひとり》で職員室《しょくいんしつ》に向かった。だんだんと緊張感《きんちょうかん》が高まってくるのは、去年の二月と変わらない。ちがうのは、「だめ元」の予想を九十パーセント、いや、九十九パーセントくらいにしていたところだ。

在校生《ざいこうせい》代表も卒業生代表も、たいていは成績《せいせき》が優秀《ゆうしゅう》な子か、児童会の役員がやる。当然のことだと思う。ぼくみたいに、特別取《と》り柄《え》のない子が立候補《りっこうほ》しても、選ばれないのが当たり前だろう。そのくらいは、ぼくだってわかっている。

ただ、立候補《りっこうほ》しないであきらめてしまうのは、前向きではない。挑戦《ちょうせん》しないであきらめるより、やって「だめだった」とわかったほうが、納得《なっとく》できる。

大切なのは、挑戦《ちょうせん》してみることなのだ。

自分にそう言い聞かせ、ぼくは職員室《しょくいんしつ》の前に立った。

ドアをノックすると、すぐに倉本《くらもと》先生が出てきた。そして、予想したとおり、となりの部屋《へや》に案内された。

校長先生と教頭先生が、ならんですわっていた。

この部屋《へや》で、ぼくはまた「今回は残念だったが――」とか言われるのだろう。

オーケー。覚悟《かくご》はもうできている。

「そちらの席におすわりください」

校長先生が、きりっとした表情《ひょうじょう》で言った。

ぼくは倉本《くらもと》先生といっしょに腰《こし》をおろした。なんだか、これから裁判《さいばん》を受けるような感じ。自分がドラマの中の登場人物になった気がした。

「井上光平《いのうえこうへい》さんですね？」

「はい」

会話が始まると、校長先生はやさしい笑顔《えがお》になった。

「あなたの名前は覚えていましたよ。一昨年、読書感想文のコンクールで、すばらしい文章を書きましたね。発想がユニークだと思いました」

「えっ？　あ、そうでした……かな」

とんちんかんな返事になってしまった。

予想と全然ちがう校長先生の言葉に、ぼくの心はずっこけそうになった。

「わたしは一昨年、別の学校にいましたけど、県の入賞者《にゅうしょうしゃ》の作品集で、井上《いのうえ》さんの感想文を読みました。どんな子が書いたのかな。会ってみたいなと思いました」

ほんとうですか？　ぼくは急に照れくさくなり、うつむいてしまった。

となりの倉本《くらもと》先生に目をやると、先生はぼくのほうを見てうなずいた。

『星の王子さま』を読んで、五年生の夏休みに『星の王女さま』という題名の感想文を書いた。将来《しょうらい》、ぼくは宇宙飛行士《うちゅうひこうし》になって、いろんな星を探検《たんけん》してみたい。その体験をもとにお話を作り、転校していった幼《おさな》なじみの子に贈《おく》りたい。そのお話のタイトルが『星の王女さま』になる――。

小学生らしい読書感想文になっていたかどうかわからないけど、ぼくは県の教育長賞《しょう》という大きな賞《しょう》をもらった。

担任《たんにん》の西村《にしむら》先生は、すごくびっくりしたらしい。ぼくは教育長賞《しょう》などとは縁《えん》のない、どちらかというとクラスの落ちこぼれに近い子だったから。

「実際《じっさい》に会ってみて、いかがですか？」と教頭先生が言った。

「思っていたとおり、感性《かんせい》が豊《ゆた》かそうな子ですね」

校長先生は、笑顔《えがお》のままぼくの顔を見つめた。

どういうことですか？　と質問《しつもん》したくなった。

たくさんほめてくれたあと、最後にまた「残念ですが」みたいな言葉が待っているかも。警戒《けいかい》する気持ちが、まだ残っていた。

「今回、井上《いのうえ》さんの『返す言葉』を見せてもらいました。だいぶ独創的《どくそうてき》な部分もあって、ほかの先生からは疑問視《ぎもんし》する意見も聞かれました。でも、わたしはそこに井上《いのうえ》さんの個性《こせい》を感じました。結論《けつろん》として、あなたにあの『返す言葉』を、卒業式の場で読んでいただきたい。わたしは校長として、そのように考えました」

校長先生は、はっきりした口調でそう言った。

四月の着任式《ちゃくにんしき》のとき、新しい校長になった浅川《あさかわ》先生は、高学年向けのモットーとして「創意工夫《そういくふう》」という言葉をあげた。今回ぼくに好意的な言葉をかけてくれたのは、その気持ちのあらわれだったのかもしれない。

校長室を出たあとで、ぼくはそう思った。とくに「井上《いのうえ》さんの個性《こせい》」という表現《ひょうげん》が心に響《ひび》いた。うれしい！

ぼくのことを認《みと》めてくれた人がいたのだ。それが校長先生だったなんて！

「良かったわね。わたしも井上《いのうえ》さんを応援《おうえん》します」

倉本《くらもと》先生は、ホッとした表情《ひょうじょう》で言った。先生も緊張《きんちょう》していたようだ。

そのあと――

「ただ井上《いのうえ》さんの案は、しかけがとても凝《こ》っているので、そのままステージでやれるかどうか、確認《かくにん》作業が必要です。そこを教頭先生と相談しましょう」とつけ加えた。

# 心の冬景色《げしき》

その日は、朝から雪がふっていた。十二月にふったような粉雪《こなゆき》ではない。大きなぼたん雪だった。登校するとき、子ども公園はすっかり白くなっていた。

太郎《たろう》を眠《ねむ》らせ、太郎《たろう》の屋根に雪ふりつむ。
次郎《じろう》を眠《ねむ》らせ、次郎《じろう》の屋根に雪ふりつむ。

三年生か四年生のときに習った詩が、ふっと記憶《きおく》によみがえった。
作者は三好達治《みよしたつじ》という人だった。たった二行だけの、風変わりな詩。わかったような、わからないような。でも音読していると、心が静まり、温かくなってくる、ふしぎな詩だった。

雪はいいな。景色《けしき》を白く染《そ》め、ざわついた音を吸収《きゅうしゅう》してくれるようで。

公園をながめながら、ぼくはぼんやり思いにふけった。

どのくらいたってからだろうか――

「おはようございます！」と大きな声がした。

びっくりしてふり向くと、小さな女の子が目の前に。

沢井《さわい》ルナちゃんだった。ピンクの長靴《ながぐつ》をはいていた。

それよりおどろいたのは、となりに人がいたことだ。望月大星《もちづきたいせい》くんだった。

二人《ふたり》で一つの傘《かさ》に入り、手をつないでいる。ほんとうの兄妹《きょうだい》のように。

「おうちの前で会ったんだよ」

ルナちゃんは満面の笑《え》みをうかべていた。ほっぺが赤い。

望月《もちづき》くんのほうは、ちょっと照れくさそうにうつむいた。

「おはよう、ルナちゃん」と言ったあと、ぼくは望月《もちづき》くんに「やあ、イーヨー、元気かい？」と声をかけた。

二月二十八日。カウントダウン〈二十〉。記憶《きおく》に残りそうな雪景色《げしき》の朝だった。

ルナちゃんを中心に、三人でおしゃべりをしながら学校まで歩いた。


「ばいばい。またお星さま、作ってあげるね」

玄関《げんかん》で上ばきに履《は》き替《か》えると、ルナちゃんは手をふりながら走っていった。

「廊下《ろうか》は走っちゃだめだよ」

注意の言葉をかけ、望月《もちづき》くんはずっと後《うし》ろ姿《すがた》を見守っていた。目もとがほんのり、うるんでいた。

「ルナちゃんにとって、きみのことは、良い思い出になるだろうね」

口にするつもりはなかったのに、思いが言葉になって出た。

「そうかな」

「りっぱなやさしいお兄《にい》さんとして。そういう記憶《きおく》は、長く消えないと思う」

「……だといいけど」

望月《もちづき》くんは少し笑《え》みをうかべ、階段《かいだん》をのぼった。

「おはよう、あっちの人」

あとから来たクラスメイトが、望月《もちづき》くんのランドセルをポンとたたき、追いぬいていった。相変わらずの光景だ。

そんなものは無視《むし》すればいい。そうだよね、望月《もちづき》くん。

「昼休みに、図書室へ行こう」とぼくは言った。

「あやとりをしに？」

「じゃなくて、高いところから雪景色《げしき》を見に。きれいだと思うよ、きっと。図書室は静かだし、ゆっくり話もできる。ただし小声で」

三階まで階段《かいだん》をのぼり、廊下《ろうか》に沿《そ》って六年二組の教室へ。

この廊下《ろうか》を歩くのも、あと少ししかない。

望月《もちづき》くんは、ちょっと時間をおいてから、「いいよ」とうなずいた。

いつものようなNO《ノー》の「いいよ」ではなかった。

昼休み。

「図書室へようこそ」と記した入り口のパネルが、ぼくたちをむかえてくれた。

四階のフロアは、三階の教室より暖《あたた》かく感じる。一階分高いからだろうか。

この日は五、六人の子たちが来て、書架《しょか》の列のあいだをゆっくり歩いていた。

ぼくと望月《もちづき》くんは窓《まど》ぎわに立ち、校庭の雪景色《げしき》をながめた。

空は曇《くも》っているのに、視界《しかい》は雪のせいで明るく、まぶしかった。

「前に井上《いのうえ》くんは、ぼくの名前がかっこいいって、ほめてくれたよね？」

「うん。月と星がそろってるから」

「ルナちゃんの『ルナ』は、ローマ神話では『月の女神《めがみ》』なんだそうだよ」

ふうん。それは知らなかった。

望月《もちづき》くんは、今朝《けさ》のおだやかな表情《ひょうじょう》のまま、空に目を向けた。月がどのへんにいるかを探《さぐ》るように。

「地球から月まで、光は何秒で到達《とうたつ》するか、知ってる？」とぼくは言った。

「知らない。十秒くらい？」

「ほんの一・三秒。光は秒速三十万キロで進むんだ」

「光速ってすごい。井上《いのうえ》くんの名前には『光』が入っていたよね？」

そうくるか。ちょっとうれしい。

知識比《ちしきくら》べみたいな話だったけど、親しい友だちどうしのような雰囲気《ふんいき》を感じることができた。

そのせいで、大事な話のほうも、ぼくは緊張《きんちょう》することなく伝えることができた。


「三月になったら、もう卒業式だ。三週間もない」

話題を変えると、望月《もちづき》くんの視線《しせん》は、空から校庭のほうに下がった。

表情《ひょうじょう》も、空の色のように曇《くも》った。それはしかたがない。

ぼくは、司書の先生に注意されないよう、小さめの声で続けた。

「でも卒業したからといって、そろばんみたいに、全部が『ご破算《はさん》』になるわけじゃない。『さよなら』を言い合ったあとにも、きっと心に残るものがあると思う。金色のお星さまのように」

二月になってからずっと、ぼくの頭にはあの漢詩が、雲のようにかかっていた。そして、井伏鱒二《いぶせますじ》という人が翻訳《ほんやく》した「名言」に、ぼくはやっぱり賛成《さんせい》できないと思った。

「さよならだけが人生だって言葉、望月《もちづき》くんから聞いて、いろいろ考えてみた」

ぼくは自分で調べたことと、考えたうえで出した自分の結論《けつろん》を、まとめて話した。

さよならのあとは、次の新しい「おはよう」か「こんにちは」、あるいは「ありがとう」や「ごめんね」などが続くのではないか。出会いと別れが積み重なって、人生は続いてゆく。そうしてぼくたちは一歩ずつ、成長してゆく。

さよならだけが人生だ、なんて、人生の一部分だけを誇張《こちょう》した表現《ひょうげん》にすぎない。


「ぼくは去年から、卒業式までのカウントダウンをしているんだ」

「一日ずつ数がへってゆく、あれ？」

「うん。百日前から始めた。きょうはカウントダウン〈二十〉だ」

「なんのためにやってるの？」

「一日一日を大切にするために。ぼくのモットーは、『一日一歩』なんだ。おばあちゃんの受け売りだけどね」

そこまで言って、照れくさくなった。はずみで、顔に笑いがうかぶ。

望月《もちづき》くんはぼくのほうを見た。しっかり見つめてくれた。

「井上《いのうえ》くんは、強いんだね」

「強くなんかない。まだ弱虫なんだ。だからいろんなことに挑戦《ちょうせん》して、少しずつ強い人になりたい」

「ぼくも……できれば……そんなふうになりたい」

消え入るように、望月《もちづき》くんの声がふるえた。

「なりたければ、なればいいいんだ」

ぼくは思わず強い口調になった。

「え？」

「『もうなった』って、自分に宣言《せんげん》すればいい」

「どうやって？」

「たとえば日記に書くとか。本気で書いたら、本気パワーが出てきて、きっと実現《じつげん》する。全部ではなくても」

「井上《いのうえ》くんは、それをやってるの？」

「うん、五年生の夏休みから」とぼくは答えた。「今年《ことし》の冬も、いろいろ書いた。『望《もち》月《づき》くんと友だちになった』とか、『卒業式の返す言葉を読む人に立候補《りっこうほ》した』とか」

「ぼくのことなんかも？」

「ちゃんと書いた。そして実現《じつげん》した、と思う」

たぶん――とつけ加えて、視線《しせん》を下に向けた。

校庭のあちこちで、いくつものグループが雪だるまを作っていた。

元気な声が、窓《まど》ごしに聞こえてきそうだった。

望月《もちづき》くんをさそわなければ、いまごろ、ぼくも山下《やました》くんたちといっしょに、校庭で遊んでいただろう。

「卒業式のほうは？」

「そっちも実現《じつげん》した。ぼくなんかが、卒業生の代表になっていいのかなって気は、いまも少ししている」

「『返す言葉』を、井上《いのうえ》くんがやるの?」

「正式な発表は、三月になってからだけど」

三月はもう、あさってから始まる。

カウントダウンのスピードが、坂道をころげ落ちるように、ますます速くなってゆく。ふっと、ため息がもれた。

この日、ぼくは話の流れに乗って、言うつもりもなかったことまで、言ってしまった。しゃべりすぎたかな、とは思ったものの、後悔《こうかい》はなかった。本気パワーに後押《あとお》しされた結果だったから。

# 広い宇宙《うちゅう》の風に乗る

どんな言葉で　飾《かざ》るよりも
生きる力を　持ちつづけて
はるかな空には　虹《にじ》も輝《かがや》くから
つよく　つよく　歩きつづけて
河《かわ》はゆるやかに　時を旅する
広い宇宙《うちゅう》の　風に乗りながら
Dreams come true together
夢《ゆめ》をすてないで
Dreams come true together

かならず叶《かな》うから

音楽室に、ぼくたちの歌声が流れる。バッハやベートーベン、ショパンなど、世界の音楽家の肖像画《しょうぞうが》に見守られながら。

『この星に生まれて』。卒業式で歌う合唱曲だ。

曲も歌詞《かし》も悲しい歌ではないのに、歌っていると、目もとがじんとするのは、なぜだろう。卒業のイメージと重なるからだろうか。


授業《じゅぎょう》が終わり、ぼんやり思いにふけりながら、廊下《ろうか》を歩いた。

なにげなくハミングしていたら、それに合わせて、

「広い宇宙《うちゅう》の　風に乗りながら」と歌声が聞こえた。

ふり返ると、岩崎《いわさき》修斗《しゅうと》くんがすぐ後ろにいた。

「この部分の歌詞《かし》、いいね。ぼくたちにぴったりだ」

そんな言葉をかけてくれた。

宇宙《うちゅう》飛行士《ひこうし》をめざすぼくたちには、という意味だろう。

すごく親しい友だちどうしみたいで、うれしくなった。

実際《じっさい》には、いろんな能力《のうりょく》で、岩崎《いわさき》くんとぼくとでは、ウサギとカメくらいに大きな差がある。

Dreams come true together
夢《ゆめ》をすてないで

そこの歌詞《かし》を、二人《ふたり》でハモった。

カウントダウン〈八〉。良い日になりそうだ。

「井上《いのうえ》くん、おめでとう。ちょっとおそくなったけど、卒業生代表になれたこと、お祝いするよ」

まわりのクラスメイトに聞こえないよう、岩崎《いわさき》くんは小声で言った。

「ありがとう。ちょっと照れくさい」

正式な発表があってから、十日《とおか》がたっていた。

「ぼくのほうは、先週いっぱい、複雑《ふくざつ》な心境《しんきょう》だった」

「どうして？」

「選ばれなかったから」

えっ？　落選したってこと？

「岩崎《いわさき》くんが？」

思わず足にブレーキがかかり、岩崎《いわさき》くんとからだがぶつかりそうになった。

「うん。選ばれなかった人は、学年にもう一人《ひとり》いる」

前に校長先生から知らされたのは、ぼくを選んでくれたということだけで、ほかに立候補者《りっこうほしゃ》がいたかどうかは、知らされてなかった。

岩崎《いわさき》くんの口調だと、ぼくを入れて三名、立候補者《りっこうほしゃ》がいたみたいだ。

「もう一人《ひとり》はだれって、聞いてもいい？」

「いいけど、そのかわり個人情報《こじんじょうほう》だから、内緒《ないしょ》だよ。約束してくれる？」

「うん」

「六年三組の、大島花音《おおしまかのん》さん」

――声が出そうになった。

岩崎《いわさき》くんが学年でトップの優等生《ゆうとうせい》なら、大島《おおしま》さんはスポーツ万能《ばんのう》の天才だった。

バスケットボール部のキャプテンで、ポイントゲッターの選手。

運動会のリレー競走では、陸上部の男子と互角《ごかく》に競《きそ》い合《あ》い、校内なわとび達人大会では、毎年チャンピオンになっているスーパースターだ。

校内で人気投票をしたら、断《だん》トツの一位になるのではないか。

岩崎《いわさき》くんと大島《おおしま》さん。卒業生代表の立場にふさわしいのは、この人たちにちがいない。ぼくはチャンピオンの席を、いわば横取りしてしまったのだ。

全身がブルッとふるえた。

「落選したのは、正直いって悔《くや》しかったけど、井上《いのうえ》くんなら、まあいいかなって思えるようになった」

「どうして？」

「いろいろと挑戦《ちょうせん》してる人だから。努力家だと思う」

聞いて、ほほが熱くなった。

岩崎《いわさき》くんは、ぼくが最も尊敬《そんけい》するクラスメイトだ。性格《せいかく》でも、勉強でも、スポーツでも、この人のようになりたいっていう、あこがれの対象《たいしょう》だった。

「これ、お祝いのプレゼント。よかったら、読んでみて」

手に持っていた、きれいなビニールの袋《ふくろ》をぼくにくれた。

開けると、中から一冊《さつ》の本が出てきた。『宇宙飛行士選抜試験《うちゅうひこうしせんばつしけん》』。

オビには大きく、「この試験、残酷《ざんこく》すぎる!!」とあった。

「さっきの歌には『夢《ゆめ》をすてないで』って言葉が出てくるけど、ぼくたちにはもう、宇宙飛行士《うちゅうひこうし》は夢《ゆめ》じゃなくなった。目標になったんだ」

夢《ゆめ》じゃなくて、目標——。身がひきしまる思いがした。

「この本の内容《ないよう》は、すごく厳《きび》しい。そして、たしかに残酷《ざんこく》なことが書いてある」

「そうなの?」

「著者《ちょしゃ》は、宇宙飛行士選抜《うちゅうひこうしせんばつ》試験を受けた。そしてファイナリストになったけど、落ちたんだ。挑戦《ちょうせん》から落選までのプロセスが、きちんと報告《ほうこく》されているよ」

「なんだか……むずかしそうだね？」

「小学生にはまだ早いだろうけど、中学生には、早すぎることはないと思う」

岩崎《いわさき》くんが、真剣《しんけん》なまなざしでぼくを見つめた。

中学生――。そうだ。ぼくたちはもう、一か月後には中学生なのだ。

お祝いに、あえて厳《きび》しい内容《ないよう》の本をくれたことの意味が、わかった。

ありがとう、岩崎《いわさき》くん。

ぼくは中学生になったら……いや、小学生のうちに、岩崎《いわさき》くんを見習ってこの本に挑戦《ちょうせん》してみるよ。

日記に書ける項目《こうもく》が、一つ見つかった！

「ぼくは四月一日《ついたち》までに『宇宙《うちゅう》飛行士《ひこうし》選抜《せんばつ》試験』を読み岩崎《いわさき》くんに感想文を書いた」

# はじめての速達郵便《ゆうびん》

カウントダウンが一けた台になると、時間は突風《とっぷう》のような勢《いきお》いで過《す》ぎていった。ぼくの心理状態《じょうたい》のせいだろうか。それとも、時間には不規則《ふきそく》な変化があるのか。

三月十七日、カウントダウン〈二〉。その日は日曜日だった。

家族そろって「ビストロやました」で、ランチを食べることになっていた。卒業式で大役をつとめるぼくをはげますために、山下竜也《やましたりゅうや》くんが企画《きかく》してくれたのだ。

「おまえの家族みんなに、おれが特別メニューを提供《ていきょう》するよ」

「特別メニューって？」

「なんでも丼《どん》。あれ、今度うちのメニューに追加するかもしれない」

その試食会ということで、無料提供《ていきょう》してくれるのだ。条件《じょうけん》は、アンケート用紙に記入し、提出《ていしゅつ》すること。

「あそこに、おれの苦手な同級生がいるんだよな。山下麻世《やましたまよ》っていう気の強い女子」

出かける前に、お兄《にい》ちゃんがしぶい顔をした。

「善意《ぜんい》で光平《こうへい》の激励会《げきれいかい》をやってくれるんだから、文句《もんく》は言わないの」

お母《かあ》さんが言った。

四人そろって玄関《げんかん》を出たところで、目の前にバイクが止まった。

郵便局《ゆうびんきょく》の人だった。

「井上《いのうえ》さんのお宅《たく》ですね。速達郵便《ゆうびん》のおとどけです」

「どうもお世話さまです」

お母《かあ》さんが受け取った。

日曜日に、郵便《ゆうびん》の配達があるの？　知らなかった。

「あら、光平《こうへい》に――」

言ってから、封筒《ふうとう》を裏返《うらがえ》した。すぐに表情《ひょうじょう》がゆるむ。

ピンときて、ぼくはお母《かあ》さんの手から封筒《ふうとう》をうばった。

「みんな先に行ってて。すぐ追いつくから」

はじめてぼく宛《あて》に来た速達郵便《ゆうびん》だった。大事に両手で持ち、家の中にもどった。


こうちゃん、お元気ですか。

六年生の代表として、こうちゃんが卒業式で答辞（末広《すえひろ》小では「返す言葉」というそうですね）を読むと、乙女《おとめ》から聞きました。

すごくびっくり！　あのこうちゃんが、そんなにりっぱになったなんて。といったら、失礼かもしれませんね。

わたしのほうも三月十九日、末広《すえひろ》小と同じ日に卒業式をむかえます。少し緊張《きんちょう》していますが、それよりこうちゃんのことのほうでドキドキ、そしてワクワク。

ドラえもんの「どこでもドア」があったら、返す言葉のときだけ、末広《すえひろ》小の体育館にいたい。そこでじっくり耳をすまして、こうちゃんの発表を聞きたい。そう思いました。

こんなお手紙を出すと、かえってプレッシャーになるかもしれません。だから、卒業式が終わってからにしよう。理性《りせい》ではそう思うのですが、気持ちではその前に、はげましエールを送りたい。

まよったあげく、はげましエールのほうにしました。

乙女《おとめ》は、「あの子ちょっと頼《たよ》りないけど（ごめんなさい）、やると決めたらやるよ」と言ってました。言葉の前半は余分《よぶん》。後半はそのとおり。こうちゃんなら、きっとりっぱにやれる！　そう信じています。

がんばりすぎずに、でも、がんばって！

【追伸《ついしん》】もし可能《かのう》なら、春休み中にこうちゃんをお招《まね》きしたい。こちらでディナーを用意しておむかえしたいと、うちの両親が言ってました。久《ひさ》しぶりにこうちゃんと話がしたくなったのでしょう。わたしも大賛成《だいさんせい》です。昔はしょっちゅう、行ったり来たりしてたものね。

よかったら、四月の三日か四日《よっか》にでも、こちらにこられませんか。

会えるのを楽しみにしています♥

長い文章が、相変わらずきれいな文字で書かれていた。

なっちゃんのお母《かあ》さんは、書道の先生だった。その先生から、ぼくも指導《しどう》を受けたのに、成果のほうは……。

でも、お招《まね》きはうれしかった。行きます！　行きますとも！

四月三日は、なっちゃんの誕生日《たんじょうび》だった。忘《わす》れてなんかいない。誕生日《たんじょうび》のお祝いをして、それぞれの卒業式のことを報告《ほうこく》しよう。

ありがとう、なっちゃん。はげましエール、しっかり受け取ったよ。


スマートフォンが鳴った。

「もう料理ができちゃうぞ。早く来い！」

耳もとで、お兄《にい》ちゃんのどなり声が響《ひび》いた。

「いま大事な用をすませていたんだ。すぐに行く」

そう言ってから、ぼくはまた二回、手紙を読み返した。


「ビストロやました」では、竜也《りゅうや》くんとお父《とう》さんが協力して「なんでも丼《どん》」を作ってくれた。十二月の家庭科調理実習のときより具材が増《ふ》え、てんこもり以上の、でか盛《も》りになっていた。きょうだけ、特別かな。

五段階評価《だんかいひょうか》で最高点の「五」を、三人がつけた。お母《かあ》さんだけ、とても食べきれなかったので「四」にした。


満腹《まんぷく》で家に帰り、ぼくはすぐに日記を開いた。そして第九と第十項目《こうもく》を書いた。

「西村《にしむら》先生は三月十九日の卒業式に参加した」

「ぼくは四月三日に石原《いしはら》さんの家に行き、日記を見せてカウントダウンの話をした」

……西村《にしむら》先生のことは、ついに教頭先生から報告《ほうこく》がなかった。

だからこれは、ぼくの祈《いの》りだ。精《せい》いっぱい心を込《こ》めて、ぼくはこう書いておく。

# 「卒業生、入場」

「ただいまより、第六十五回、末広《すえひろ》小学校卒業式を行います。卒業生、入場」

体育館にアナウンスの声が響《ひび》いた。

ぼくたちは、後ろのドアの外で二列縦隊《じゅうたい》にならび、待機していた。

ふだんはギャグをとばして笑いをとる子たちも、この日は口をつぐんでいた。

やがてそれぞれのクラスが、担任《たんにん》の先生に引率《いんそつ》されて式場に入った。保護者《ほごしゃ》席と五年生の席からの盛大《せいだい》な拍手《はくしゅ》にむかえられて。

ぼくの席は、クラスとは関係なく、最前列の中央に用意されていた。

きのうの予行演習《えんしゅう》でそれを知ったとき、一瞬《いっしゅん》、頭の中が白くなった。

卒業生代表。それは本来、岩崎修斗《いわさきしゅうと》くんや大島花音《おおしまかのん》さんのような、とびきりすごい人がやる役だった。それはわかったうえで立候補《りっこうほ》したくせに、ぼくはまた弱気の虫にかられそうになった。

頭の中で考えたことと、実際《じっさい》にその場にのぞんで感じることとは、だいぶちがった。でもそれは、自分がすすんで選んだ道だった。弱気の虫なんか、自分で追いはらわなければならない。

ぼくは、両手を強く握《にぎ》りしめた。まず右の甲《こう》を上に、次に左の甲《こう》を上にして。一人《ひとり》握手《あくしゅ》みたいな感じだ。その動作を二回くり返し、手を握《にぎ》りしめたまま、ゆっくり天をあおぐ。そして「おばあちゃん、見ていてね」と心の中でつぶやく。

木ノ内《きのうち》さんにヒントをもらった、心を整えるマイルーティンだった。心が整えば、自然と集中力が高まる。雑念《ざつねん》や弱気の虫を退治《たいじ》するのにも、有効《ゆうこう》な方法だ。

最前列の席にすわり、目の前のステージを見上げた。

演壇《えんだん》のわきに、大きな花が飾《かざ》ってある。右側には式次第《しきしだい》が掲《かか》げられ、左側には来賓《らいひん》の方たちが、ずらっとならんでいた。

卒業式　式次第《しきしだい》

一、開式の言葉
二、国歌斉唱《せいしょう》
三、校歌斉唱《せいしょう》
四、卒業証書授与《しょうしょじゅよ》
五、学校長の式辞
六、来賓《らいひん》の祝辞
七、来賓紹介《らいひんしょうかい》、祝電披露《ひろう》
八、在校生《ざいこうせい》 送る言葉
九、卒業生 返す言葉
十、保護者《ほごしゃ》代表の謝辞《しゃじ》
十一、卒業の歌 合唱
十二、閉式《へいしき》の言葉

「返す言葉」の順番がくるまで、しばらく時間がある。

ぼくは深呼吸《しんこきゅう》をしながら、この日までの教頭先生とのやりとりをふり返った。

＊

「あなたに『返す言葉』を読んでいただきたい」と校長先生から指名を受けた翌日《よくじつ》、ぼくは教頭先生によばれた。

「井上《いのうえ》さんのアイデアは、たしかにおもしろい。ただ、卒業式の場で、ほんとうにやれるかどうか、確認《かくにん》してみる必要はある。これから体育館に行ってみよう」

そう言われ、放課後に教頭先生と倉本《くらもと》先生と三人で、この体育館に来た。

「返す言葉」の原稿《げんこう》を提出《ていしゅつ》したとき、ぼくは読む文章とともに、二つのアイデアを書《か》き添《そ》えておいた。

第一案は、これまで体験した校内のイベントを、短い劇《げき》のようにしてステージで演《えん》じる、というアイデアだ。

「声をからして応援《おうえん》合戦をした運動会。なかなか上達しなかった合唱祭。はじめての調理実習では、指をやけどした友だちもいました」とぼくが読むのに合わせ、何人かの卒業生がそれを、すばやく実演《じつえん》する。楽しさと臨場感《りんじょうかん》が出て、おもしろいのではないかとぼくは考えた。

第二案は、実演《じつえん》するのがむずかしい場合、ステージの上にある電動スクリーンをおろし、学校が保管《ほかん》しているイベントの映像《えいぞう》をそこに映《うつ》す、というアイデアだ。

どちらの案も、ただ原稿《げんこう》を読むだけではつまらないので、新しい試みを採《と》り入《い》れるためのものだった。めんどうかもしれないけど、挑戦《ちょうせん》してみる価値《かち》はあると思った。

第三案は、書かなかった。第一案、二案がともに却下《きゃっか》された場合、映像《えいぞう》なしで、音声だけを流すというものだった。

「卒業式を行う際《さい》の壇上《だんじょう》の配置は、すでに決まってるんだよ。演壇《えんだん》の位置や、来賓《らいひん》の方々《かたがた》がすわる場所、式次第《しきしだい》をどこに掲《かか》げるか、など」

教頭先生はステージに上がり、身ぶり手ぶりで配置を教えてくれた。

倉本《くらもと》先生は下で、不安そうにながめていた。

ステージの奥行《おくゆ》きは、十メートルくらいだろうか。けっこうある……ように見えて演壇《えんだん》や来賓《らいひん》用のパイプいすなどを置いてみると、劇《げき》をする場所は、だいぶせまくなりそうだ。

「演壇《えんだん》の位置を、『返す言葉』のときだけ、端《はし》にずらしてもらえませんか？」

ぼくが提案《ていあん》すると、教頭先生は苦笑いしながら手をふった。

「ステージの端《はし》っこに立って、原稿《げんこう》を読む？　演壇《えんだん》の向こう側には、校長先生が立ってらっしゃるのだよ」

「それではだめですか？」

「学芸会じゃないんだから。保護者《ほごしゃ》のみなさんも涙《なみだ》で見守る、厳粛《げんしゅく》な卒業式ですよ」

校長先生はぼくの案に関心を示《しめ》してくれたけど、教頭先生はそれほどでもないらしい。ふつうに考えれば、ぼくの案はブッ飛んでるのかもしれない。

でも「ふつう」って、なんだろう。

「いままでの考え方、やり方」にすぎないのではないか。校長先生が掲《かか》げた「創意工《そういく》夫《ふう》」を目いっぱい活《い》かせば、ちがった案がたくさん出てきてもおかしくない。

どう言おうかと考えていたとき、ブーンと音がした。見上げると、天井《てんじょう》のほうから電動スクリーンがおりてきた。教頭先生がリモコンを手にしていた。

体育館で映画《えいが》や、イベントの動画などを見るとき、この大きなスクリーンが使われた。横幅《よこはば》は四メートルか五メートルくらいありそうだ。これが下までおりると、ステージの中央部分がかくれてしまう。

「どうかな？　映写会《えいしゃかい》にはいいが、演壇《えんだん》も、来賓席《らいひんせき》の一部も、見えなくなる。体育館の後方の席で見守る保護者《ほごしゃ》の方々《かたがた》は、どう思うだろうか？」

第一案も第二案も、不採用《ふさいよう》になりそうな気がした。

討論《とうろん》をして教頭先生に勝つのは、まず無理だ。どこから主張《しゅちょう》しようか。

ぼくが必死で考えをめぐらせていたとき、

「スクリーンを使用するのがむずかしければ、音声だけでも、どうでしょうか？」

倉本《くらもと》先生が提案《ていあん》した。

「なるほど。そういう案もありますな」

教頭先生は、リモコンを操作《そうさ》しながらうなずいた。

スクリーンがゆっくり上がっていく。

「卒業式の雰囲気《ふんいき》をこわさずに、井上《いのうえ》さんの発想を取り入れる。その折衷案《せっちゅうあん》なら、いけるかもしれない。どうかな、井上《いのうえ》さん？」

……こういうのを「助け舟《ぶね》」というのだろうか。

でも、すぐに「わかりました」と言うのは、なんだか癪《しゃく》にさわる。

「少し考えさせてください」

そう返事をすると、教頭先生はうなずいた。

「では、いろいろ準備《じゅんび》もあるので、あさってまでに結論《けつろん》を聞かせてください」

そう言って、教頭先生はステージの階段《かいだん》をおり、体育館から出ていった。

「音声でも、イベントや授業《じゅぎょう》などの臨場感《りんじょうかん》は出せるわ。作業はわたしも手伝《てつだ》います」

倉本《くらもと》先生は、真剣《しんけん》なまなざしでぼくをはげましてくれた。

この先生がそう言ってくれるなら、反対するわけにはいかない。

# 願いがかなわなくても

ぼくは卒業生代表の席にすわり、袱紗《ふくさ》というものをひざの上に置いた。式典用のりっぱそうなむらさき色の布《ぬの》で、中に「返す言葉」が包まれている。これを使うようにと、教頭先生から言われた。

ぼくが提案《ていあん》した第一案の短い劇《げき》も、第二案の動画の映写《えいしゃ》も、ボツになった。替《か》わりに、イベントや授業《じゅぎょう》の様子をおさめた動画の、音声だけをはさむということで、合意した。もともとそれは、第三案として考えていた内容《ないよう》だった。

でも、ぼくの創意工夫《そういくふう》は、それだけではない。「返す言葉」の文章にも、ぼく流というか、こだわりを入れた箇所《かしょ》がある。そういうものを含《ふく》めて、校長先生はぼくの作品を評価《ひょうか》してくれたのだろう。

ステージの上には、十四人の来賓《らいひん》の方々《かたがた》が着席していた。全員、きちんとした正装《せいそう》で、和服を着た人も男性女性《だんせいじょせい》ともに二人《ふたり》ずついらっしゃった。

ステージのすぐ下には、左側の出入り口の前に、先生方の席があった。その中に、西村《にしむら》先生の姿《すがた》はない。

自分の力ではどうにもならないこと、祈《いの》るしかできないことを、ぼくは日記の第九項目《こうもく》として書いた。心を込《こ》めて、ていねいな字で。

「終わり良ければすべて良し」という言葉がある。

……終わり悪ければ……どうなるのだろうか?

卒業式が始まった。

まず全員起立して、「君が代」を斉唱《せいしょう》した。続いて校歌を歌う。

となりの席の子が、途中《とちゅう》で何度も身動きをしていた。横目で見ると、ハンカチを手に、すすり泣いている。

ふだん朝会などではなにげなく、あるいはしかたなく、という感じで歌ってきた校歌も、これが最後だと思うと、気持ちがあふれるのだろう。見ているうちに、その気持ちが伝染《でんせん》したように、ぼくのほうも目がしらが熱くなってきた。

その後、式次第《しきしだい》に書かれた順で、卒業証書《しょうしょ》の授与《じゅよ》や校長先生の式辞などが続いた。

この日、緊張感《きんちょうかん》がいちばん強かったのは、卒業生入場のときだった。そして、最前列の中央の席に着いたとき。そのあとは、自分でもおどろくほどに心が静かになってきた。一時的に目がしらは熱くなっても、心が乱《みだ》れるということはなかった。

なぜだろうか。

「返す言葉」を、もうすっかり暗記していたから？

西村《にしむら》先生の姿《すがた》がないことを、うすうす覚悟《かくご》していたから？

そういうことも、あるかもしれない。

でも、いちばん大きな理由は……と、ぼくは考えをめぐらせた。

カウントダウン〈百〉の日からきょうまで、悔《く》いなく過《す》ごせたことだ。

「さよならだけが人生だ」という言葉に、動揺《どうよう》したことはあったけど、それは自分なりに解決《かいけつ》した。解決《かいけつ》することができて、その分、前に進めたと思う。

こんな気持ちでカウントダウン〈ゼロ〉の日をむかえることができて、ぼくは幸せだと思う。終わり悪ければ、なんて言葉は、ぼくにはない。

西村《にしむら》先生のことは、日記に書いても実現《じつげん》しなかったけど、いまとなってはしかたがない。今後ぼくにできることは、引き続き、先生のために祈《いの》ることだ。

ステージに、在校生《ざいこうせい》代表の子が上がった。

演壇《えんだん》の向こうにいる校長先生の前で、「送る言葉」を読み上げた。

「雪解《ゆきど》けに、春のやわらかな光が注ぐ季節になりました。このよき日に、めでたくご卒業をむかえられた六年生のみなさん、おめでとうございます。在校生《ざいこうせい》を代表して、心よりお祝いいたします。いま思い出すのは、みなさんがいつも、下級生であるわたしたちに寄《よ》り添《そ》い、はげまし、手を差しのべてくださったことです」

ああ、思い出すな。

去年、「送る言葉」を読む在校生代表に立候補《りっこうほ》したとき、教頭先生が「参考にしてください」と言って、見せてくれた例文。それは前の年に使われた実物の「送る言葉」だった。

そのままではつまらないと思って、ぼくはユーモラスな文章を加えた。その結果、落選した。創意工夫《そういくふう》をしたつもりだったけど、評価《ひょうか》してもらえなかった。

いま読まれている文章は、あのとき見せてもらった例文とほとんど同じだった。これが「ふつう」というものなのだろう。

ぼくは淡々《たんたん》とした気持ちで朗読《ろうどく》を聞いた。

「式次第《しきしだい》九、『返す言葉』。卒業生代表、井上光平《いのうえこうへい》」

アナウンスが館内に響《ひび》いた。

ぼくは返事をして立ち上がり、ステージの階段《かいだん》に向かった。

日記に書いた願いはかなわなかったけど、ぼくは自分のつとめを果たさなくてはならない。心はしっかり整っていた。

# 白いハンカチ

ステージ中央の演壇《えんだん》の前まで歩く。演壇《えんだん》の向こうには、校長先生が立っている。

一メートルほどの距離《きょり》を置いて、ぼくは校長先生と向き合った。

手にした袱紗《ふくさ》を開き、中から「返す言葉」の用紙を取り出す。演壇《えんだん》のマイクは、ぼくの口のすぐ前にあった。

あ、袱紗《ふくさ》はどこにしまうんだっけ？

とまどった瞬間《しゅんかん》に、校長先生が手を差し出してくれた。

その手にあずけ、ぼくは用紙を広げた。

「光まぶしいこの日、わたしたちのために卒業式を開いていただき、ありがとうございます。来賓《らいひん》のみなさま、お父《とう》さんお母《かあ》さん、おいそがしい中、卒業式に参列していただき、心から感謝《かんしゃ》いたします」

出だしは、ほとんど去年の「返す言葉」のとおりに進めた。

イベントや授業《じゅぎょう》の様子などを回想するところになって、短い説明のあと、実際《じっさい》の音声を流した。たくさんの収録《しゅうろく》データから、ほんの少しずつピックアップするのに、予想以上の時間がかかった。倉本《くらもと》先生や児童会の人が、協力してくれた。

「ふり返ると、この六年間、さまざまなことがありました。入学式の日、春にはめずらしく雷《かみなり》が鳴って、泣きそうになった子が何人もいました」

「みなさん、ご入学、おめでとうございます。この日が来るのを先生は」

——ゴロゴロ、ドーン——

「きゃあ、こわい」

「おへそとられちゃう」

「大丈夫《だいじょうぶ》ですよ、ここには落ちませんから。安心してください」

＊

「イベントでは、なんといっても運動会。応援《おうえん》合戦で、声がかれてしまいました」
あおぐみー、おうえーん、いくぞーー！（オーー‼）
きょうの空は、なにいろだー？（あおー‼）
きれいな海は、なにいろだー？（あおー‼）
優勝《ゆうしょう》するのは、なにいろだー？（あおー‼）
あおぐみー、ぜったい、優勝《ゆうしょう》だー‼（オー‼）

＊

「合唱コンクールでは、クラスごとに、なにを歌うかで討論《とうろん》になったこともありました」
「勝負するなら『ビリーブ』がいいと思う」
「一組は『翼《つばさ》をください』にするんだって」
「スタジオジブリのテーマ曲から選ぼうよ」
「なんでもいいから、やさしい歌にしよう」

＊

「高学年になってからは、授業《じゅぎょう》のレベルが上がり、みんな頭の中に汗《あせ》をかきました」

「松尾芭蕉《まつおばしょう》の俳句《はいく》は、とても深みがあります。先生がいちばん好きなのは、教科書にはのってないけど、『さまざまの事おもい出す桜《さくら》かな』という句《く》です。入学式や卒業式など、桜《さくら》の季節になったら毎年、頭によみがえってきます」

＊

「日本の食料自給率《じきゅうりつ》で、国内生産の割合《わりあい》が最も高いものは、なんでしょうか」

「はい、お米です」

「そうですね。低い品目が多いと、それだけ独立国《どくりつこく》としての基盤《きばん》が揺《ゆ》らぎかねないということです」

「先生、魚介類《ぎょかいるい》の国内生産が年々《ねんねん》へってるって、あぶないんじゃないですか」

「でも先生、うちの家族はお寿司《すし》きらいだから、どうってことないかも」（笑）

＊

“How do you say Ichinichi-ippo in English?”

"Ichinichi-ippo in English? Good question!"

"A step a day."

"Good answer. Any other answers?"

"One step each day."

"Oh, great! It's a wonderful answer."

＊

「佐藤《さとう》さん、火が強すぎますよ。それでは真っ黒な卵焼《たまごや》きになってしまう」

「そんなに強くないです。ひっくり返しても、ほら……。わっ、あちーっ！」

「フライパンを落としたのは、あなたがはじめてです。やけどしなかった？」

「さっき『この六年間』と言いましたが、それは末広《すえひろ》小学校に入学し、きょうまでずっとここで過《す》ごしてきた仲間たちのことです。途中《とちゅう》で転校していった人たちもいれば、逆《ぎゃく》に転校してきた人たちもいます。別れがあり、新しい出会いがありました。そうした人たちを含《ふく》めて、末広《すえひろ》小学校とかかわった全員が、ぼくたちの仲間だと思っています」

教頭先生から「ここは削除《さくじょ》したほうがいい」と言われた箇所《かしょ》だった。

でも、ぼくは削除《さくじょ》しなかった。

ぼくを卒業生代表に選んでくれたなら、ぼくの意志《いし》を尊重《そんちょう》してほしいと思った。ここはぼくの、こだわりの箇所《かしょ》だったから。

読んでいて、望月《もちづき》くんの顔が思いうかんだ。一年いっしょに過《す》ごしただけで、もう別れをむかえる人。

そして、石原《いしはら》なつきさん。四年間いっしょに過《す》ごしたのに、別の学校で卒業式をむかえる人。

ほかに何人もの子たちの笑顔《えがお》や泣き顔が、記憶《きおく》によみがえってきた。

友だちの輪は、ふくらんだりしぼんだりしながら、途切《とぎ》れることなく回り続ける。生き物のように。出会いも別れも、大きな輪の一部にすぎないのではないか。

そんなふうに思ったところだった。ふと、なにかが胸《むね》に込《こ》み上《あ》げてきた。

喜《よろこ》びや悲しみ、うれしさやさびしさ。いろんな気持ちが混《ま》ざり合《あ》い、一つの色になって広がった。あえて名前をつけるなら、「感動」になるだろうか。

視界《しかい》がぼやけ、ほほに涙《なみだ》がこぼれた。

まさか、と思う間もないほど、それは急なことだった。ここまで冷静に、しっかり役目を果たしてきたのに。

そのとき、校長先生の手が動いた。

マイクのスイッチを切り、上着のポケットに右手を入れる。

出てきたのは、白いハンカチだった。

「落ち着いて、井上《いのうえ》さん。ゆっくり呼吸《こきゅう》をしながら、これで顔をふきなさい。鼻をかんでもいいわよ。大丈夫《だいじょうぶ》。後ろからは見えてないから」

先生は、身を乗り出すようにして、ぼくにささやいた。

言われたとおりにすると、小さくうなずいてくれた。笑《え》みをうかべている。

おかげで、心が落ち着いた。ありがとうございます。目でお礼を言った。

ぼくは自分でマイクのスイッチを入れ、文章の続きを読んだ。

読もうとした。

そのとき——静まり返った体育館に、ギイーッとにぶい音が響《ひび》いた。

見ると、ステージ下の左側、先生方がならぶ席の後ろのドアが開いた。

そこから、車いすに乗った人が現《あらわ》れた。

「やったー！」

マイクに乗って、ぼくのさけび声がはじけた。

「西村《にしむら》先生、お帰りなさい！」

自分でもびっくりするほど大きな声だった。

それにあおられたように、卒業生の席から歓声《かんせい》があがった。

# さよならに続く言葉

谷間の小さな　白百合《しらゆり》でも
冬を耐《た》えぬき　花を咲《さ》かす
何かを探《さが》して　この星に生まれた
つよく　つよく　愛抱《だ》きしめて
雲はおだやかに　海へ旅する
広い宇宙《うちゅう》の　風に乗りながら
Dreams come true together
愛をすてないで
Dreams come true together

## かならず叶《かな》うから

今年《ことし》の卒業の歌『この星に生まれて』を合唱して、卒業式は終わった。

ぼくたちは先生や保護者《ほごしゃ》、在校生《ざいこうせい》の拍手《はくしゅ》に送られ、式場をあとにした。

かなわなかった、と思っていたぼくの願いは、ぎりぎりのところでかなった。

ぼくは、校長先生に借りたハンカチを目に当て、泣きながら教室にもどった。


この日、六年二組の教室は、いろんな種類の感動でわき立った。

車いすにすわった西村《にしむら》先生を囲《かこ》み、何人ものクラスメイトが順番に握手《あくしゅ》をしたり、ハグをしたりした。

「みんなには心配をかけて、申《もう》し訳《わけ》なかった。病名はまだわからないんだけど、少しずつ良くなってきているから、安心してください」と先生は言った。「来月には病院を……卒業する予定です」

その言葉に、ぼくたちは思わず笑い、そして目もとをおさえた。

副担任《たんにん》の倉本《くらもと》先生は、オレンジ色にむらさきの羽織袴《はおりはかま》を着て、教壇《きょうだん》に立った。

「みなさん、ご卒業、おめでとうございます」

そう言って、おじぎをした。

「わたしは未熟《みじゅく》で、西村《にしむら》先生の代わりを……きちんとつとめられませんでした。至《いた》らないところが多かったと思います。ほんとうに……ごめんなさい」

途中《とちゅう》から涙声《なみだごえ》になり、もう一度、ぼくたちに深く頭を下げた。

「そんなことありません」

「先生、顔を上げてください」

おもに女子たちから、声があがった。

やがて、ぼくたちはみんな、倉本《くらもと》先生の応援団《おうえんだん》になった。

教室には教頭先生も来ていたけど、この日はだまってぼくたちを見守っていた。

「みんな、最後はお礼の言葉でしめくくろう」

そうよびかけたのは、岩崎《いわさき》くんだった。

「賛成《さんせい》！」と声が重なった。

「それではいきます。西村《にしむら》先生、倉本《くらもと》先生、そして教頭先生。たいへんお世話になりありがとうございました」

「ありがとうございました！」

三十二人の心が、一つになった。

しめくくりの言葉が終わってからも、みんな教室を去ろうとはしなかった。少しでも長く、この教室にいたい。そんな思いが感じられた。

「井上《いのうえ》さん、ステージでかっこよかったよ。『乙女《おとめ》、感激《かんげき》！』――なんちゃって」

けろっとした顔をしていたのは、木ノ内乙女《きのうちおとめ》さんだった。

この人は、ほんとうに……すごい人だ。ぼくの理解《りかい》の範囲《はんい》を超《こ》えている。

「快晴《かいせい》の顔をしてるんだね」

「そうだよ。きょう泣かないように、きのう涙《なみだ》をしぼっておいたから」

「しぼったの？」

「オフコース。きょうのわたしは、ひまわり。サンフラワー。わかるでしょ？」

ひまわりって……。季節がちがうみたいだけど、まあいいか。

二人《ふたり》で話していると、望月《もちづき》くんが来た。

「楽しかったね、もっくん。図書室のあやとり」

木ノ内《きのうち》さんは、いきなり望月《もちづき》くんにハグをした。

望月《もちづき》くんの顔が、ムンクの『叫《さけ》び』みたいにゆがみ、目が泳いだ。

「いのっちとは、あやとり、中学でやろうね」

ぼくはとりあえず、うなずいた。満開のサンフラワーには、さからえない。


木ノ内《きのうち》さんが女子のグループのほうに行ったあと、

「ありがとう、井上《いのうえ》くん。『返す言葉』の中に、転校生のことも入れてくれて」

望月《もちづき》くんが、ぼくにほほ笑《え》んだ。

沢井《さわい》ルナちゃんを見るときのように、目が輝《かがや》いていた。

「大事な友だちだから。いままでも、これからも」

「きょうはこれで、さよならだけど、また会えるといいね」

おずおずとした感じで、望月《もちづき》くんが言った。

ぼくは首を横にふった。

「また会えるといいね、じゃなくて、また会っただよ」

「え？」

「本気で願うなら、未来形ではなく、過去形《かこけい》で表現《ひょうげん》するんだ。前にも言ったよね？」

ちょっと強い調子で言いすぎたかもしれない。

望月《もちづき》くんは、しばらくだまってぼくの顔を見つめた。そして、目を伏《ふ》せる。

「次は千葉に行くんだ。今月中に」

「千葉？」とぼくは確認《かくにん》した。「千葉の、どこ？」

「姉《あね》ケ崎《がさき》というところ」

聞いた瞬間《しゅんかん》に、ぽっと光がともった。

季節はずれの花火が、頭の中に打ち上がった。

「それ、五井《ごい》って駅のとなりじゃない？」

「よく知らない」

ぼくは早口になって説明した。

姉ケ崎《あねがさき》は、千葉県を走る内房線《うちぼう》の駅名であること。一つ前の五井《ごい》駅に、ぼくは小さいころからよく通っていること。五井《ごい》から出ている小湊鐵道《こみなとてつどう》に乗れば、ぼくのお母《かあ》さんの実家に行けるから。

「そこは養老渓谷《ようろうけいこく》といって、千葉県の人気スポットなんだ」

話を進めると、望月《もちづき》くんの表情《ひょうじょう》が変わっていった。

興奮《こうふん》したようで、ほほがほんのり赤くなった。

「じゃあ、ほんとうに会えるんだね？」

「もう会ったんだ、四月に。姉ケ崎《あねがさき》か、養老渓谷《ようろうけいこく》で」

「春休み中に？」

「うん。きみのおじさんと、ぼくのお母《かあ》さんの許可《きょか》をとれば、それでいい。三月のさよならのあとは、四月のこんにちはだ」

望月《もちづき》くんはうなずき、何度もまばたきをした。

一面の菜の花畑を通ってゆくオレンジ色のディーゼル車が、目の前に見えた。

# 桜《さくら》の木の下で

カウントダウンが終了《しゅうりょう》して三日後。ぼくは用事があって学校に出かけた。

あらかじめ電話で許可《きょか》をもらったうえで、校長室に向かう。

「わざわざ来てくれなくてもよかったのに」

校長先生は、笑顔《えがお》でぼくをむかえてくれた。

前は別世界のようでこわかった校長室が、きょうはなぜか、なつかしく感じた。

「これ、どうもありがとうございました」

ぼくは、持参した品物を手提《てさ》げ袋《ぶくろ》から取り出した。

まっさらな白いハンカチだ。

「そのまま井上《いのうえ》さんが使ってくれて、よかったのよ。男女兼用《けんよう》のハンカチだし」

「はい。そうさせてもらおうかと……」

ぼくは照れくさくなり、手に汗《あせ》をかいた。

「あら、これ、わたしのだったかしら？」

ハンカチを手にして、校長先生が目を凝《こ》らした。

「すみません。お借りしたものは、こがしてしまいました」

「こがした？」

「洗濯《せんたく》して、自分でアイロンをかけたときに……やっちゃいました」

まさか、去年の元日と同じ失敗をしでかすとは。自分でもあきれた。

アイロンをかけていたとき、インターホンが鳴ったのだ。宅配便《たくはいびん》の配達だった。

いったんスイッチを切って、応対《おうたい》に出た。……切っただけで、アイロンを立てておくのを忘《わす》れた。

かいつまんで説明すると、校長先生は口もとにハンカチを当てた。笑いが込《こ》み上《あ》げてきたようだ。

ぼくのほうも、照れ笑いしてしまった。

こげたといっても、黄ばんだ程度《ていど》だった。でも、それを先生に返すわけにはいかない。きのうお母《かあ》さんとデパートに行き、似《に》たハンカチをいっしょにさがしてもらった。

「お借りしたものは、卒業式の思い出に、もらっておいていいですか？」

「おこげができたハンカチを？」

「はい。ぼくはやっぱりドジだなと、使うたびに反省して、気をつけます」

「あなたは、そんなところにも創意工夫《そういくふう》を働かすわけね？」

「ただのドジっ子です」

「だったら中学生になっても、すり切れるほど使ってください」

校長先生はそう言って、ぼくの腕《うで》に手を添《そ》えてくれた。

校長室を出たあと、ぼくは玄関《げんかん》から校庭をながめた。

鉄棒《てつぼう》の向こう側、フェンスに沿《そ》って、桜《さくら》の木がならんでいる。もうだいぶピンクの花が開いているのが、遠目にも見てとれた。

在校生《ざいこうせい》は、この日が修了式《しゅうりょうしき》だった。すでにほとんどの子が帰宅《きたく》したのか、校庭は閑散《かんさん》としている。

桜《さくら》にさそわれて、ぼくは校庭をまっすぐ横切った。

ほほをなでる風が暖《あたた》かい。春は、もうそこまで来ていた。

鉄棒《てつぼう》によりかかり、ぼくは桜《さくら》の木々《きぎ》を見上げた。花はすっかりほころんで、太い幹《みき》が何本も日差しの中に立っていた。

ああ、きれいだな。素直《すなお》にそう思った。

さまざまの事おもい出す桜《さくら》かな

西村《にしむら》先生が授業《じゅぎょう》で語った松尾芭蕉《まつおばしょう》の俳句《はいく》が、頭にうかんだ。

ぼくはまだ十二歳《さい》。でもいまは「もう十二歳《さい》」。思い出すことはいくつもあった。

六年前の入学式の日。ぼくは正門の前で両親と記念撮影《さつえい》したあと、桜《さくら》の木の下でも写真を撮《と》った。ときどき遠くで鳴る雷《かみなり》がこわくて、ぼくは顔をしかめていた。

二年前の三月には、転校してゆく石原《いしはら》なつきさんに、暴言《ぼうげん》をはいた。

「勝手に引《ひ》っ越《こ》せばいい」「おれ関係ねえから」「ばーか！」などと。

悲しさのあまり、逆上《ぎゃくじょう》してしまったのだ。

去年の夏休み前には、岩崎修斗《いわさきしゅうと》くんに鉄棒《てつぼう》を教えてもらった。そのときは花の季節ではなかったけど、桜《さくら》の木陰《こかげ》で休息をとった。

そして、二年前の夏休みは石原《いしはら》さんの新しい家に行く冒険《ぼうけん》をし、去年の夏休みの終わりにはこの桜《さくら》の下で、ふたたび石原《いしはら》さんと会った。

そのときに見た石原《いしはら》さんは、もう昔の幼《おさな》い「なっちゃん」ではなかった。

フヨウの花のようにきれいな、新しい「なっちゃん」だった。


思い出には、においがある。鼻の奥《おく》をくすぐるレモンのような。

ぼくはまた、年を重ねるごとに、ここに帰ってきて桜《さくら》を見よう。

これからぼくは、どんな思い出を作ってゆくのだろうか——。

# あとがき

ちょっとドジなところのあるこうちゃん、井上光平《いのうえこうへい》くん。四年生のときには、夏休みの読書感想文を書くのがめんどうくさくて、前にお兄《にい》ちゃんが書いて提出《ていしゅつ》したものを使いまわし、ばれて先生にしかられました。

ドジというより、やる気が足りない子でした。そのままぼんやりと生きていたら、どんな卒業生になったことでしょうか。

光平《こうへい》くんを変えたのは、いうまでもなく日記でした。それも、低学年向けの「えにっき」です。なんとなく書きだしてから、一年半あまり。落ちこぼれになりそうだった子が、最後は卒業式で大役をつとめるほどに変身してしまいました。

「それはないんじゃないですか？」という読者からの反応《はんのう》が寄《よ》せられるかな、と思っていました。が、実際《じっさい》には「わたしも光平《こうへい》を見習おうと思いました」という前向きな反応《はんのう》が多く、筆者はびっくりしたほどです。

みなさんの好評《こうひょう》に後押《あとお》しされて、筆者も本気パワーを爆発《ばくはつ》させて続編《ぞくへん》を書きました。その結果、シリーズ全四冊《さつ》、関連図書を含《ふく》めると六冊《さつ》にまでふくらみました。

ぶじ小学校を卒業し、校庭の桜《さくら》の前に立つ光平《こうへい》くんを見て、「中学生になっても、日記パワーで進んでください」と筆者はエールを送っています。

校長先生からもらうことになった、例のおこげができたハンカチを手に、光平《こうへい》くんは汗《あせ》をかきつつ、また奮闘《ふんとう》することでしょう。その足取りを追いかけたい気もしますが、ひとまずこのシリーズは本書でおしまいにします。

最後に、卒業式で歌った『この星に生まれて』の一節を、もう一度。

Dreams come true together
かならず叶《かな》うから

本田《ほんだ》有明《ありあけ》

装丁――本澤博子
装画――木村いこ

［著者略歴］
**本田有明**（ほんだ・ありあけ）

作家、エッセイスト。
著書に『願いがかなう ふしぎな日記』『望みがかなう 魔法の日記』『夢をかなえる未来ノート』『願いがかなうふしぎな日記　光平の新たな挑戦』『願いがかなうふしぎな日記　夢に羽ばたく夏休み』『「水辺の楽校」の所くん』（以上、ＰＨＰ研究所）、『走れ！　家出犬ジェイ』『電車でスタンプラリーへＧＯ！』（以上、金の星社）、『勇気を出して、はじめの一歩』『ここではない、どこか遠くへ』（以上、小峰書店）、『メロンに付いていた手紙』『歌え！ 多摩川高校合唱部』（以上、河出書房新社）などがある。

＜参考文献＞

『クマのプーさん』A.A.ミルン作 石井桃子訳 岩波少年文庫
『The House at Pooh Corner プー横丁にたった家』A.A.ミルン著 アイビーシーパブリッシング
『井伏鱒二全詩集』井伏鱒二作 岩波文庫
『宇宙飛行士選抜試験』内山崇著 SBクリエイティブ

JASRAC 出 2407608-401

**願いがかなうふしぎな日記　卒業へのカウントダウン**

2024年11月29日　第１版第１刷発行

著　者　本田有明
発行者　永田貴之
発行所　株式会社ＰＨＰ研究所
東京本部　〒135-8137　江東区豊洲5-6-52
児童書出版部　☎03-3520-9635（編集）
普及部　☎03-3520-9630（販売）
京都本部　〒601-8411　京都市南区西九条北ノ内町11
PHP INTERFACE　https://www.php.co.jp/
組　版　株式会社ＰＨＰエディターズ・グループ
印刷所・製本所　TOPPANクロレ株式会社


ISBN978-4-569-88197-3

NDC913　171P　20cm

## PHPの本

本田有明 著

『望みがかなう
魔《ま》法《ほう》の日記』

竜也は、友達の光平が日記を書いただけで、泳げるようになったことに驚いていた。光平のまねをして日記を書き始めた竜也は……。

プロ野球選手になりたい陽翔は、発明家を目指す弟の大翔やデザイナーを夢見る沙良と一緒に、「夢の実現計画」に向けて動き出した。

『夢《ゆめ》をかなえる
未来ノート』